Vom Tanzen im Regen

Für Philipp

CARINA WEIGERT

Vom Tanzen im Regen

Bibliografische Information der Deutschen Nationalbibliothek:
Die Deutsche Nationalbibliothek verzeichnet diese Publikation
in der Deutschen Nationalbibliografie; detaillierte bibliografische
Daten sind im Internet über http://dnb.dnb.de abrufbar.

© 2019 Carina Weigert
Grafik: stockfotoart/ MrVander/ Shutterstock.com
Satz, Umschlaggestaltung, Herstellung und Verlag:
BoD – Books on Demand, Norderstedt

ISBN: 978-3-7504-8258-6

Wie oft sie hier schon gestanden hatte. Sie liebte diesen Ort. Das Wasser war so klar. So klar wie ihre Gedanken einst gewesen waren. Doch jetzt kam selbst das Wasser ihr grau vor. Grau wie ihre Gedanken.

Auch das satte Grün der Bäume rundherum leuchtete nicht mehr. Zumindest für Maja nicht. Für sie sah alles aus wie in einem Schwarz-Weiß-Film.

Da war sie wieder – diese unfassbare Traurigkeit, von der sie nicht wusste, woher sie plötzlich kam. Sie hüllte Maja in eine dicke Nebelwolke.

Würde es wehtun? Würde sie endlich wieder etwas spüren? Was würde sie fühlen?

Schlimmer kann es nicht mehr werden, dachte Maja. Es schien ihr, als hätte sie alles verloren. Ihr Leben lag in Scherben. Niemand konnte ihr helfen. Sie sah keinen anderen Ausweg.

Maja blickte in das Wasser unter ihr. Sie war sich sicher. Sie wollte springen. Sie wollte, dass es endlich aufhört.

Das Wasser glitt ruhig und in sanften Bahnen, nur ein leises Rauschen war zu hören und kaum Wellen waren zu sehen.

Maja war erstaunt. Auch sie selbst war ruhiger geworden, als hätte sich die Ruhe des Wassers auf sie übertragen. Sie hatte keine Angst mehr, sie war entschlossen. Erleichterung stieg in ihr auf, wie sie sie seit langer Zeit nicht mehr gespürt hatte.

Kapitel 1 – Ein Traum wird wahr

Es war perfekt. Maja ging in langsamen Schritten auf das Eingangstor zum Universitätsgarten zu. Von weitem schon konnte sie ein Gewirr an aufgeregt plappernden Stimmen vernehmen. Einige davon glaubte sie zu kennen. Sie hörte die sanften Töne einer Band. Oder war es sogar ein Orchester? Sehen konnte sie noch niemanden. Dafür musste sie zuerst die kleine Brücke überqueren, die sie zum Eingang des Gartens führte. Maja wagte einen seitlichen Blick auf das ruhig vorüberfließende Wasser. Die Straßenlaternen spiegelten sich auf seiner Oberfläche und ließen es funkeln. Seitlich neben der Brücke erblickte Maja die Parkbank, die sie immer aufsuchte, wenn sie mal einen Moment für sich brauchte. Sie liebte diesen Ort. Doch heute hielt sie nur kurz inne, überquerte dann die Brücke und folgte den immer lauter werdenden Stimmen und der Musik.

Als sie den Eingang zum Garten erreicht hatte, traute sie ihren Augen nicht. Überall waren Kerzen aufgestellt. Fackeln waren links und rechts des Weges angebracht und wiesen zu einem großen Zelt, in dem die Feier stattfinden sollte. Maja wollte gar nicht weitergehen, so sehr genoss sie diesen Anblick. In diesem Moment drückte jemand ihre Hand und flüsterte ihr ins Ohr: »Du bist hübsch.« Ben. Maja blickte zu ihm hoch in seine rehbraunen Augen. Heute musste sie sich nicht mal ganz so weit strecken, denn sie trug ausnahmsweise hohe Schuhe zu ihrem Kleid. Ben sah wie immer unglaublich gut aus.

Er hatte sich extra für den heutigen Abend einen neuen Anzug gekauft. Dazu trug er ein weißes Hemd, was seine dunkle Hautfarbe noch mehr zur Geltung brachte. Maja fand, er sah immer aus, als wäre er gerade erst aus dem Urlaub gekommen. Sie hingegen war meist etwas blass um die Nase, hatte blaue Augen und braune, schulterlange Haare. Ihrer Meinung nach war sie außerdem mindestens zwanzig Zentimeter zu klein und hatte diese scheußlichen Sommersprossen im Gesicht. Ja, manchmal konnte sie gar nicht fassen, dass sie Ben an ihrer Seite hatte. Doch heute war das anders. Heute fühlte Maja sich schön.

Sie drückte Bens Hand und die beiden gingen den von Lichtern gesäumten Weg auf das Partyzelt zu.

Da lief ihr auch schon Lu von weitem entgegen: »Maja, Maja, ist das nicht wundervoll geworden?«

Lu war Majas beste Freundin und die beiden gingen zusammen durch dick und dünn.

»Es ist bezaubernd, Lu«, entgegnete Maja.

»Das wird die beste Party des Jahres.« Lu war völlig aus dem Häuschen. Sie sprach seit Monaten von nichts anderem mehr, denn sie war im Organisationsteam des Abschlussjahrganges. Lu wollte, dass alles perfekt war. Und wenn Maja das hier alles so ansah, war es das auch.

»Toll seht ihr beiden aus.«

»Danke, Lu! Du bist heute Abend aber auch sehr hübsch. Du bist immer hübsch«, entgegnete Maja.

Für Maja war Lu einer der schönsten Menschen, die sie bisher getroffen hatte. In ihrem türkisfarbenen Sommerkleid passte sie perfekt in diese lauwarme Nacht. Sie hatte dunkle lange, lockige Haare und fast schon schwarze, aber warme Augen. Oft hatte sich Maja gefragt, warum Ben sie und nicht Lu gewählt hatte, denn rein äußerlich wären die beiden das perfekte Paar gewesen.

Aber heute war nicht die Nacht für solche Gedanken. Maja wollte die Feier genießen und sagte: »Kommt, lasst uns reingehen, ich will sehen, was ihr drinnen noch alles auf die Beine gestellt habt.« Die drei betraten das Zelt, wo die Party schon in vollem Gange war.

Zu ihrer Linken befand sich ein riesiges Buffet. Maja glaubte, noch nie so viel Essen auf einmal gesehen zu haben. Von italienischen Antipasti bis hin zum Dessert in allen Variationen fehlte auf diesem Buffet nichts.

Gegenüber befand sich die Bühne. Dort würde auch später die Zeugnisvergabe stattfinden. Maja war so aufgeregt. Nach all dem Prüfungsstress der letzten Wochen war heute der große Tag. Im Moment gehörte die Bühne jedoch der Partyband, die sich bereits mächtig ins Zeug legte und einen Hit nach dem anderen anstimmte. Auf der rechten Seite des Zeltes standen die Tische. Und dort entdeckte Maja nun ihre Eltern. Auch ihr Bruder war mitgekommen. Die drei winkten Maja aufgeregt zu und bedeuteten ihr, zu ihnen herüberzukommen. Lu war inzwischen schon wieder verschwunden und kümmerte sich überall, wo sie gebraucht wurde, um einen reibungslosen Ablauf der Party. Also setzten sich Maja und Ben zu Majas Familie. Ihre Mutter nahm sie in den Arm. »Ich bin ja so stolz auf dich.«

»Danke, Mum.«

Ihr Dad war hingegen noch nie ein Mann der vielen Worte gewesen und nahm sie kurz in den Arm.

Ihr Bruder war frech wie immer: »Hey, jetzt hast du es ja doch geschafft. Da hättest du uns das ganze Geheule der letzten Wochen auch ersparen können.« Nichts anderes hatte sie von ihm erwartet. Hierzu zeigte er sein schelmisches Grinsen und automatisch musste auch Maja grinsen. Ihr Bruder hatte das Talent, sie immer zum Lachen zu bringen, auch wenn sie diejenige war, die er dabei auf die Schippe nahm. Natürlich wurde auch Ben von allen herzlich begrüßt. In den Augen ihrer Eltern war er der perfekte Schwiegersohn. Er studierte aktuell noch Wirtschaft, sollte aber später einmal in die Fußstapfen seines Vaters treten und das Unternehmen, das bereits in der dritten Generation geführt wurde, übernehmen. Neben Bens Karrierechancen war er noch dazu tadellos erzogen worden, immer höflich und zuvorkommend. Majas Mutter war regelrecht entzückt von seinem Charme. Ben war aktiv, und einen gemütlichen Abend auf der Couch gab es für ihn nicht. Er musste immer etwas unternehmen. Maja fand das manchmal etwas anstrengend, denn sie schwelgte gerne in ihren Tagträumen und hätte sich öfter auch ein paar ruhige Abende mit Ben gewünscht. Doch diese ließ Ben kaum zu. Sein Tatendrang hatte schon zu der ein oder anderen Auseinandersetzung zwischen den beiden geführt. Heute Abend war das allerdings kein Thema. Maja verdrängte die Gedanken schnell wieder, denn die Vorfreude auf alles, was heute noch geschehen würde, überwog.

Und schon ertönte das Klirren eines Glases. Jemand schlug mit einer Gabel dagegen und bat alle Anwesenden um Ruhe. Es war Lu. Durch ein Mikrofon verkündete sie den Beginn der Zeugnisvergabe. Dazu wurden alle Absolventen nun einzeln auf die Bühne gebeten. Da alphabetisch aufgerufen wurde, musste sich Maja noch eine Zeit lang gedulden. Und dabei war sie doch so aufgeregt.

Finn war der Erste, der auf die Bühne geholt wurde. Maja kannte ihn schon aus ihrer gemeinsamen Schulzeit. Auf Finn konnte man sich verlassen. Das schätzte sie sehr an ihm. Finn hatte Ingenieurwesen studiert. Er war schon immer ein kleiner Erfinder gewesen und ein unglaublich herzlicher Mensch. Maja freute sich sehr für ihn, dass er nun dort oben stand, alle angrinste und den Applaus sichtlich genoss. Bettina Albrecht war die Nächste. Maja kannte sie nur flüchtig und im Gegensatz zu Finn stand sie alles andere als selbstsicher dort oben. Man konnte ihr ihre Nervosität deutlich ansehen und auch die Erleichterung, als sie die Bühne nach der Zeugnisübergabe wieder verlassen durfte. Auch Maja wurde mit jeder Minute nervöser. Sie zappelte unruhig auf ihrem Stuhl hin und her, bis Ben ihr die Hand auf ihren Oberschenkel legte und ihr zuflüsterte: »Es ist alles in Ordnung, Maja. Du musst nicht nervös sein.«

Maja sah zu, wie nach und nach jeder ihrer Freunde ein Zeugnis erhielt. Alle strahlten wie Honigkuchenpferde um die Wette. Doch Maja konnte sich kaum beruhigen. Da hörte sie ihren Namen durch die Lautsprecher ertönen.

»Maja, das bist du. Los, nun geh doch endlich.«

Ben musste sie regelrecht von ihrem Stuhl schubsen, damit sie sich in Bewegung setzte.

Endlich stand sie auf. Jetzt nur nicht hinfallen – nur

nicht hinfallen – ein Schritt nach dem anderen – was auf diesen verdammt hohen Schuhen gar nicht so einfach war. Die Scheinwerfer waren auf Maja gerichtet, genauso wie die Blicke der Leute. Mit jedem Schritt wurde Maja sicherer. Sie lächelte in die Menge. Da war er also, der Moment, auf den sie so lange gewartet hatte. Nur noch ein paar Schritte. »Atmen, Maja, atmen«, sagte sie leise zu sich selbst. Nun noch die drei kleinen Stufen und sie schüttelte die Hand des Direktors. Zusammen mit einem Blumenstrauß, der so gar nicht zur Farbe ihres Kleides passte, übergab er ihr das Zeugnis. Das konnte sich sehen lassen. Majas Fleiß der letzten drei Jahre hatte sich ausgezahlt. So lange sie sich diesen Moment herbeigesehnt hatte, so schnell war er auch wieder vorüber. Sie nahm noch die Glückwünsche ihres Professors für Kunstgeschichte entgegen, lächelte noch einmal für die Gäste an den Tischen und konnte noch kurz Lus »Ich bin sehr stolz auf meine beste Freundin«-Blick erhaschen, bevor diese durch das Mikrofon schon den nächsten Absolventen ankündigte. Maja konnte sehen, wie sich die Blicke der Leute von ihr lösten. Erst jetzt merkte sie, wie angespannt sie gewesen war. Sie hatte förmlich die ganze Zeit über die Luft angehalten. Eine große Last fiel von ihren Schultern.

Und mit dieser Last fiel auch Maja. Sie fiel die drei kleinen Treppen, die von der Bühne führten, hinunter.

Hoppla, schoss es ihr durch den Kopf.

Sie richtete sich mit feuerrotem Gesicht auf.

Warum muss mir das passieren? Ausgerechnet heute!

Ein Gast, der an einem der vorderen Tische saß, reichte ihr ihren Blumenstrauß, den sie wohl beim Fall in die

Menge geschleudert haben musste. Ein anderer Gast reichte ihr ihren Schuh.

Wie peinlich ist das denn, ging es Maja durch den Kopf.

Alle starrten sie an. Sie wollte am liebsten im Erdboden versinken. Doch stattdessen grinste sie einmal kurz in die Runde, sagte: »Nichts passiert!«, und ging so schnell wie möglich, ohne sich den Schuh anzuziehen, zu ihrem Platz zurück.

»Alles in Ordnung, mein Schatz?« Ihre Mutter blickte sie besorgt an.

»Alles okay, Mama.«

»Stilvoller Abgang!«, meinte ihr Bruder lässig. Doch Maja ignorierte ihn. Und Ben ignorierte, was gerade passiert war. Er wusste genau, dass Maja jetzt nicht darüber sprechen wollte.

»Wir sind stolz auf dich, meine Süße!«, sagte er stattdessen und Majas Vater nickte ihr zu.

»Danke!«, war alles, was Maja in diesem Moment hervorbrachte. Das sollte nun der Moment gewesen sein, auf den sie sich so lange gefreut hatte? Sie fiel von der Bühne und alle konnten es sehen. Sie konnte immer noch nicht glauben, was da gerade passiert war, und alles nur wegen dieser hohen Schuhe. Doch Maja wollte sich den Abend dadurch nicht vermiesen. Das war nicht ihre Art. Und so bestellte sie noch ein Glas Sekt und stieß mit ihrer Familie auf ihren Abschluss an. Kurz darauf kam auch schon Lu auf sie zugerannt. Der offizielle Teil der Veranstaltung war vorbei.

»Kommt, lasst uns tanzen gehen.«

Lu zerrte Maja und Ben auf die Tanzfläche. Tanzen –

das war das Einzige, was Maja jetzt helfen konnte. Sie fing an, sich mit den anderen im Rhythmus der Musik zu bewegen. Der Sturz war kurze Zeit später wie vergessen.

Kapitel 2 – Überraschung

Als Maja am nächsten Morgen erwachte, hatte sie Kopfschmerzen. Da habe ich gestern wohl doch etwas zu tief ins Glas geschaut, dachte sie. Obwohl, das sollte man sich auf seiner Studienabschlussfeier auch mal erlauben dürfen.

Doch da war plötzlich ein weiteres Gefühl. Sie erinnerte sich an den Sturz von der Bühne und plötzlich fühlte es sich an, als würde ihr jemand die Luft abschnüren. Maja richtete sich auf und wollte nach Bens Hand greifen. Doch der war wohl schon, wie so oft am frühen Morgen, laufen gegangen. Maja legte sich wieder in ihr Kissen. Die Gedanken schossen nur so durch ihren Kopf: Wie peinlich war das denn gestern – Alle haben mich angestarrt – Alle haben mich fallen sehen – Das sollte doch mein Abend werden – und stattdessen habe ich mich lächerlich gemacht.

Mit jedem Gedanken daran wurde der Druck auf ihrer Brust größer. Sie zog sich das Kissen über den Kopf. Noch nie war ihr das Aufstehen so schwergefallen. Sie wollte, dass die Welt da draußen sie in Ruhe lässt, wollte sich am liebsten in ihrem Bett vergraben, wollte niemanden sehen und mit keinem sprechen. Es war ihr recht, dass Ben gerade nicht da war. Sie wollte nicht, dass er mitbekam, wie sie sich gerade fühlte.

Doch da hörte Maja auch schon die Tür ins Schloss fallen. Wenn Maja jetzt liegen blieb, würde er sicher etwas merken. Sie musste aufstehen. Eigentlich war sie gerade nur sauer auf sich selbst. Sauer, weil eigentlich gar nichts

Schlimmes passiert war. Okay, es war ein extrem peinlicher Moment gestern Abend, aber davon würde es in ihrem Leben vermutlich noch mehrere geben. Sie konnte sich selbst nicht erklären, warum sie sich so reinsteigerte. Sie war schon immer sensibel gewesen. Diese Eigenschaft konnte manchmal ganz nützlich sein. So hatte sie ein gutes Gespür für das Befinden anderer Menschen entwickelt, es konnte jedoch auch lästig sein, weil sie sich alles viel zu sehr zu Herzen nahm. Maja zog sich das Kissen vom Kopf und richtete sich langsam auf. Gerade als sie die Füße vor die Bettkante stellen wollte, sprang ihr ein flauschiges Etwas entgegen. Sie bekam einen halben Herzinfarkt. Gleich hinterher kam Ben gesprintet.

»Halt, bleibst du wohl hier! Was machst du denn da? Nicht aufs Bett!«, rief er völlig außer Atem.

Der Wollknäuel hatte Maja zurück in die Kissen gedrückt und guckte sie jetzt mit zwei großen braunen Augen an.

»Oh mein Gott, wie süß ist der denn?! Ben, wo hast du den her? Warum hast du dir einen Hund zugelegt, ohne es mir zu sagen?«

Maja war total aus dem Häuschen.

»Ähm eigentlich, um ehrlich zu sein, hatte ich nie vor mir einen Hund zuzulegen«, erwiderte Ben verlegen.

»Und wie kommt der dann in unser Schlafzimmer?«

»Das ist eine lange Geschichte ...«

»Ich habe Zeit.«

Der kleine Hund machte es sich auf Majas Schoß gemütlich, blickte sie ganz hoffnungsvoll an und wedelte eifrig mit dem Schwanz.

»Also«, setzte Ben an, »heute Morgen ging ich wie gewohnt laufen, auf meiner Lieblingsstrecke am Fluss. Ich kam an der kleinen Bank unter der Brücke in der Nähe des Universitätsgartens vorbei.«

Kurz versetzte es Maja einen Stich, da sie bei Bens Erzählung unwillkürlich an den gestrigen Abend denken musste. Doch Ben sprach schnell weiter, sodass sie den Gedanken sogleich wieder wegschob.

»Als ich an der Bank vorbeilief, meinte ich, eine Art Fiep-Geräusch zu hören. Ich sah mich um, konnte aber niemanden sehen. Außer mir waren noch nicht viele Leute unterwegs.«

»Oh Mann, Ben, jetzt mach es doch nicht so spannend.« Gebannt hing Maja an seinen Lippen.

»Jetzt lass mich doch mal ausreden. Ich kontrollierte meine Kopfhörer, ob sie vielleicht defekt waren, aber es schien alles in Ordnung zu sein. Da hörte ich das Geräusch noch einmal, konnte aber wieder nichts Außergewöhnliches entdecken. Also beschloss ich, weiter in den Unigarten zu laufen. Dort waren tatsächlich schon ein paar Verrückte mit dem Aufräumen der Party beschäftigt.«

Wahnsinn, dachte Maja. Die räumen schon auf und ich bin noch nicht mal aus dem Bett gekommen. Maja plagte das schlechte Gewissen, dass sie ihren Freunden nicht half.

»Auf jeden Fall ließ mich das Fiepen nicht los und ich rannte auf dem Nachhause-Weg noch mal an der Bank vorbei. Und da war es wieder, laut und deutlich. Ich folgte dem Geräusch und ging näher auf die Sitzbank zu, da von weitem nichts zu erkennen war. Die Bank ist schon halb eingewachsen mit so grünem Pflanzenzeug.«

»Ben!« Maja wurde ungeduldig.

»Ja, ja, schon gut. Das Fiepen wurde lauter und ich ging ein paar Schritte um das Grünzeug herum. Und da sah ich ihn. Der arme Kleine kauerte angebunden hinter der Bank. Ich ging auf ihn zu. Erst wich er vor mir zurück. Ich versuchte ihn zu beruhigen und redete ganz sanft auf ihn ein. Nach ein paar Minuten gegenseitigen Beschnupperns ließ er sich sogar von mir streicheln. Ich schaute mich noch mal in der Gegend um. Der kleine Kerl schien niemandem zu gehören. Ich fragte mich, wie lange der arme Hund hier schon ausharrte. Er musste großen Durst und Hunger haben. Also nahm ich vorsichtig die Leine an mich und schon stand der kleine Racker auf und trippelte mir hinterher. Ich ging mit ihm an das Flussufer hinunter. Dort stürzte er sich sofort aufs Wasser, einen solchen Durst hatte er. Ich ließ ihn trinken. Als ein Jogger vorbeikam, fragte ich ihn, ob er wüsste, wem der Hund gehört, oder ob er ihn schon einmal gesehen hat. »Nö«, antwortete dieser knapp und lief weiter. Was sollte ich jetzt tun? Ich konnte den Kleinen doch nicht einfach mit nach Hause nehmen. Aber hier ganz alleine lassen war auch keine Option. Also fasste ich mir ein Herz und habe ihn mit hierher gebracht. Ihn schien es zu freuen. Das kannst du ja gerade selber sehen.«

Der kleine Hund hatte sich an Maja geschmust.

»Ich kann es nicht glauben, dass jemand so etwas macht. Man kann doch ein so süßes Wesen nicht einfach aussetzen und es halb verdursten und verhungern lassen«, sagte Maja sichtlich sauer.

»Das ist mir auch ein Rätsel«, antwortete Ben. »Der Kleine sah so verlassen aus.«

Seit der Hund in der Wohnung aufgetaucht war, hatte Maja alle negativen Gedanken vom Morgen vergessen. Trotzdem war sie stinksauer auf den Menschen, der diesen Hund einfach ausgesetzt hatte. Sie kraulte das Tier hinterm Ohr und es schaute sie sichtlich dankend an.

»Ich nenne dich Buddy. Du bist jetzt mein neuer bester Freund.« Buddy wedelte aufgeregt mit dem Schwanz. Der neue Name schien ihm zu gefallen.

»Maja, dir ist schon klar, dass wir ihn nicht einfach so behalten können, oder?«, warf Ben vorsichtig ein.

»Aber warum denn nicht? Anscheinend wollen ihn seine vorherigen Besitzer nicht mehr haben.« Maja tastete nach Buddys Halsband. »Siehst du, hier ist nicht mal eine Plakette oder Ähnliches mit einer Nummer für Notfälle dran.«

»Aber das kannst du doch nicht wissen«, entgegnete Ben.

Maja merkte, dass sie geradewegs auf einen Streit zuliefen. Das konnte sie nun wirklich nicht gebrauchen. Um etwas Anspannung aus der Situation herauszunehmen, fragte sie Ben: »Und was denkst du, was wir stattdessen tun sollten?«

»Wir müssen ihn zur Polizei bringen und den Fund melden.« Als wüsste Buddy genau, was dieser Satz bedeutete, gab er ein klägliches Gejaule von sich.

»Siehst du, er findet das auch nicht gut«, widersprach Maja.

»Es ist das einzig Vernünftige, Maja. Wir müssen den Fund auf jeden Fall melden. Vielleicht gibt es ja auch eine einfache Erklärung für Buddys Situation und seine Besitzer vermissen und suchen ihn schon.«

Das wollte Maja nicht glauben. Sie wollte Buddy behalten. Um jeden Preis. Vom ersten Moment an fühlte sie sich wohl in seiner Gegenwart. Der Druck auf ihrer Brust war fast verschwunden. Es war ein beruhigendes Gefühl. Doch hatte sie das Buddy zu verdanken? Sie war hin- und hergerissen und doch wusste sie, dass Ben recht hatte. Schweren Herzens willigte sie ein, Buddy erst einmal zu einer Polizeiwache zu bringen. Und damit standen sie schon vor der ersten Herausforderung. Wie brachten sie Buddy zur Wache? Die nächste Polizeistation war zehn Kilometer entfernt, da die Kleinstadt, in der Maja und Ben wohnten, keine eigene Wache hatte.

»Wir legen den Kofferraum mit Decken aus. Vielleicht kennt er Autofahren ja bereits.« Vor lauter Eifer hätte Maja fast vergessen, sich umzuziehen. Sie hatte immer noch ihre Schlafsachen an. Also schlüpfte sie in eine Jeans, zog sich irgendein T-Shirt über und putzte sich in Windeseile die Zähne.

Dann nahm sie Buddy an die Leine, packte ein paar Decken unter den Arm und ging mit ihm die Treppe runter und auf den Parkplatz, wo ihr Kleinwagen stand. Die Decken breitete sie sorgfältig im Kofferraum aus. Dann klopfte sie mit der Handfläche auf die Innenseite des Kofferraums, um Buddy ein Zeichen zu geben, dass er hineinspringen sollte. Doch dieser guckte sie nur mit großen Augen an. »Komm, Buddy, hier rein.« Aber er rührte sich keinen Zentimeter. Maja blieb hartnäckig und geduldig. »Komm, Buddy, komm.« Keine Reaktion.

»Das wird doch nie was«, sagte Ben. »Wir sollten wohl doch besser direkt eine Streife rufen oder gleich den Tierschutz.«

Doch das wollte Maja auf keinen Fall. Sie war frustriert. Sie wollte nicht aufgeben und Buddy einfach seinem Schicksal überlassen. Geknickt ließ sie sich auf die Kofferraumkante fallen. Und plötzlich, ohne jede Vorwarnung sprang Buddy zu ihr auf den Schoß. »Braver Junge«, lobte Maja ihn. Sie wollte wieder aufstehen und so schnell wie möglich losfahren. Doch leider sprang mit ihr auch Buddy wieder aus dem Kofferraum.

»Der bleibt nur drinnen, wenn du auch da bist«, war Bens große Erkenntnis.

»Aber ich kann doch nicht im Kofferraum mitfahren!«

»Los, setz dich auf den Beifahrersitz«, wies Ben sie an.

»Was, warum?«

»Mach einfach und nimm die Decken mit.« Maja tat, wie ihr geheißen. Und siehe da, Buddy sprang direkt zu ihr in den Fußraum. »Los geht's.«

Buddy war die ganze Fahrt über ruhig und machte es sich bequem. Als sie im Polizeirevier ankamen, mussten sie erst einmal über eine halbe Stunde warten, da ganz schön was los war. Maja kam es vor, als wüsste Buddy ganz genau, wer die Verbrecher und wer die Guten waren, denn immer wenn jemand abgeführt wurde, gab Buddy ein leises Knurren von sich.

Ben wurde langsam ungeduldig. Ihm dauerte es zu lange.

»Hören Sie, ich will hier nicht noch länger warten, sonst lassen wir den Hund einfach hier«, sagte er zu der Dame am Empfang.

»Nein, Ben, bitte nicht.«

»Sie sehen doch, was hier los ist«, gab die Dame in einem forschen polizeilichen Ton zurück. »Setzen Sie sich und warten Sie, bis Sie aufgerufen werden.«

Das hätte Maja ihr gar nicht zugetraut. Doch vor der Uniform schien selbst Ben Respekt zu haben und setzte sich wieder. Weitere fünfzehn Minuten vergingen, bis sie endlich in ein kleines Zimmer gerufen wurden.

»So, was haben wir denn hier?« Der junge Polizeibeamte, der ihnen jetzt gegenübersaß, wirkte sehr freundlich.

»Den Hund hier habe ich heute Morgen beim Joggen gefunden. Er war hinter einer Bank versteckt angebunden und niemand schien sich um ihn zu kümmern«, erklärte Ben.

Der Beamte nahm erst einmal die Personalien von Ben und Maja auf. Dann stellte er noch weitere Fragen: »Trägt der Hund ein Halsband? Ist niemand in der Nähe gewesen, zu dem er hätte gehören können?«

»Nein, das habe ich alles überprüft«, antwortete Ben.

»Haben Sie dem Kerlchen schon etwas zu fressen gegeben?«

Daran hatten beide nicht gedacht und Maja machte sich große Vorwürfe.

»Er hat am Fluss getrunken«, warf Ben ein. »Zu fressen haben wir ihm noch nichts gegeben.«

»Kein Problem«, erwiderte der Polizeibeamte. »Für

solche Fälle haben wir immer ein bisschen Futter da.«
Er griff zum Telefon. »Frau Bamberger, bitte bringen
Sie doch das Hundefutter für Notfälle aus dem Schrank
rechts neben den Personenakten.«

Kurz darauf kam besagte Dame zur Tür herein und
Maja erkannte sie als die Dame vom Empfang. Sie hatte
eine Schale in den Händen, stellte sie neben Buddy ab
und befüllte sie mit Trockenfutter. Gierig stürzte sich
Buddy darauf und schlang den kompletten Inhalt der
Schale binnen Sekunden in sich hinein.

»Na, da hat aber jemand Hunger.« Zufrieden füllte Frau
Bamberger die Schale nochmals auf und verließ dann den
Raum. Maja wollte vor Scham fast im Boden versinken.
Warum hatte sie nicht daran gedacht, was für einen Hun-
ger der kleine Kerl haben musste? Doch der Polizeibe-
amte riss sie aus ihren Gedanken.

»So leid es mir tut, Sie können den Hund nicht einfach
behalten.«

Maja wurde das Herz schwer. »Aber warum denn
nicht?«

»Wir müssen zunächst sicherstellen, dass der Hund
nicht irgendwo vermisst wird.«

»Aber ...«, wollte Maja schon entgegnen. Ben warf ihr
jedoch einen warnenden Blick zu.

»Er wird von uns erst einmal ins Tierheim gebracht
und bleibt dort in Quarantäne. Der Fund wird der Öf-
fentlichkeit bekannt gegeben. Wenn sich innerhalb von
zwei Wochen niemand meldet, darf das Tierheim ihn zur
Vermittlung freigeben.«

Maja hatte Tränen in den Augen. Zwei Wochen? Aber

so lange wollte und konnte sie einfach nicht warten. Der Beamte stand auf. »Vielen Dank, dass Sie sich um das Tier gekümmert haben. Wir melden uns, sobald es etwas Neues zu diesem Fall gibt.«

Hatte er Buddy gerade als Fall bezeichnet? Maja war wütend. Sie drückte Buddy noch einmal fest an sich und das Jaulen, das er von sich gab, als Ben und Maja den Raum verließen, ließ ihr Herz zerspringen.

Kapitel 3 – Warten

»Ablenkung ist die beste Medizin«, pflegte Majas Mutter immer zu sagen. Deshalb versuchte Maja sich in die Arbeit zu stürzen. Das würde ihr sicher guttun und die Zeit, in der sie auf eine Nachricht von der Polizei wartete, würde vielleicht ein bisschen schneller vergehen.

Seit Maja ihr Studium in Kunstgeschichte begonnen hatte, jobbte sie nebenbei im Stadtmarketing. Momentan sah das noch so aus, dass sie immer dort aushalf, wo sie gerade gebraucht wurde.

Doch ihre Chefin hatte ihr nach Abschluss ihres Studiums einen festen Job in Aussicht gestellt, der einen halben Tag Bürotätigkeit sowie einen halben Tag Stadtführungen vorsah.

Maja freute sich schon riesig auf diese neue Aufgabe. Sie liebte die kleine Stadt, die nicht mehr als sechzehntausend Einwohner zählte und in der sie aufgewachsen war und lebte. Zusammen mit Ben war sie vor zwei Jahren in die Altstadt gezogen, die ihrer Meinung nach ein besonderes Flair versprühte. Dort in der Altstadt lag auch das Büro des Stadtmarketings. Maja konnte also bequem zu Fuß oder mit dem Fahrrad zur Arbeit.

An diesem Montag fiel ihr das Aufstehen besonders schwer. Sie musste immerzu an Buddy denken. Wurde er im Tierheim anständig behandelt? Am liebsten wäre sie auf direktem Weg dorthin gefahren, um ihn zu besuchen. Aber sie musste zur Arbeit. Wieder überkam Maja dieses merkwürdig traurige Gefühl. Ein Gefühl, als könnte sie ihr Schicksal nicht selbst beeinflussen. Als hätte sie es nicht in der Hand. Was ist, wenn sich doch noch die Besitzer von Buddy melden? Eigentlich sollte sie das freuen, denn das hieße ja, dass er wohl wirklich nur entlaufen war. Aber das konnte sie sich beim besten Willen nicht vorstellen. Niemand bindet seinen Hund an einer Parkbank fest und verschwindet dann einfach spurlos. Buddy war ausgesetzt worden. Da war sie sich sicher. Jemand wollte ihn einfach nicht mehr haben. Und sie konnte nichts tun und musste volle zwei Wochen warten. Das trieb sie fast in den Wahnsinn. Also raffte Maja sich auf und machte sich für die Arbeit fertig.

Als sie durch die schöne Altstadt radelte, ging es ihr schon wieder ein klein wenig besser. Im Büro angekommen, traute sie ihren Augen nicht. Ihre Kollegen hatten sich mächtig etwas einfallen lassen. Ihr ganzer Schreibtisch war mit kleinen Girlanden dekoriert und in der Mitte stand ein riesiger Kuchen mit der Aufschrift »Herzlichen Glückwunsch«. Sie wurde fast überrumpelt, jeder wollte ihr zum bestandenen Studium gratulieren. Doch als ihre Chefin kam, machten alle Platz. Lydia. Wenn sie einen Raum betrat, waren alle Blicke auf sie gerichtet. Heute hatte sie ihre langen blonden Haare zu einem Dutt hochgebunden und trug mit ihrer makellosen Figur einen eng anliegenden Bleistiftrock mit einer hellblauen Bluse, passend zu ihren Augen. Sie trat ein paar Schritte auf Maja zu und nahm sie kurz in den Arm. Da Lydia ungefähr zehn Zentimeter hohe High Heels trug, musste sie sich schon zu Maja hinunterbeugen. »Herzlichen Glückwunsch, Maja! Wir sind stolz auf dich und freuen uns, dich bald ganztags in unserem Team begrüßen zu dürfen.«

Maja wusste, dass diese Aussage ihrer Chefin von Herzen kam, denn ein herzlicher Mensch war sie auf jeden Fall. Herzlich, aber taff. Mit dieser Art kam nicht jeder zurecht. Maja aber mochte ihre Chefin.

»Ich erwarte dich um elf Uhr in meinem Büro.« Mit diesem Satz ging Lydia zurück an ihren Schreibtisch. Derweil wurde Maja regelrecht überschüttet mit Glückwünschen. Als sich der Trubel um sie wieder etwas gelegt hatte, wollte ihre Kollegin Mia wissen: »Wie war die Abschlussfeier?«

Als Maja an die Abschlussfeier dachte, schnürte ihr das kurz die Luft ab.

»Nun ja, es war ... es war etwas ... peinlich. Ich bin beim Verlassen der Bühne hingefallen. Das war mein großer Auftritt.«

Doch Mia hatte wie immer die richtigen Worte: »Mach dir nichts draus, Maja, bei meiner Abschlussfeier hat mir jemand Rotwein über mein Kleid geschüttet, noch bevor ich auf die Bühne zur Zeugnisvergabe musste. Du kannst dir vorstellen, wie ich mich da oben gefühlt habe. Mein Kleid war ruiniert, jeder konnte die Flecken sehen. Aber ich hatte keine Wahl.«

Jetzt kam sich Maja fast ein bisschen dumm vor. Warum steigerte sie sich so in diesen Sturz hinein? Jeder erlebte mal einen solch peinlichen Moment. Mia hatte ihr gerade das beste Beispiel gegeben.

Als Maja um elf Uhr in das Büro ihrer Chefin kam, wartete sogleich die nächste Überraschung auf sie. Lydia überreichte ihr ihren neuen Arbeitsvertrag. Maja las sich die einzelnen Seiten in Ruhe durch. Alles war genauso wie vereinbart. Maja sollte vierzig Stunden die Woche arbeiten. Zwanzig davon im Büro am Schreibtisch. Hierbei würde sie Events organisieren und das Altstadtmanagement voranbringen. Die andere Hälfte der Zeit sollte Maja Stadtführungen geben. Das freute sie am meisten. Sie kannte jeden Winkel der Stadt in- und auswendig. Schließlich war sie hier aufgewachsen und hatte sich schon immer für die Geschichte und die Menschen der Stadt interessiert. Das war ein Grund gewesen, weshalb sie unbedingt Kunstgeschichte studieren wollte.

Gleich nachdem Maja unterschrieben hatte, rief sie Lu an, um ihr von den Neuigkeiten zu berichten. Lu war völlig aus dem Häuschen und die beiden verabredeten sich für den Abend in ihrem Lieblingscafé in der Altstadt, dem »Oldtown«. Maja und Lu stießen auf Majas neuen Arbeitsvertrag an und Maja berichtete ausführlich von ihrer Begegnung mit Buddy.

Sie hatte allen Grund, sich zu freuen. Ein abgeschlossenes Studium, ein neuer Job, und doch konnte Maja diese Freude nicht spüren wie sonst. Lag das vielleicht daran, dass sie noch nicht wusste, was aus Buddy wurde? Normalerweise war Maja nach einem Gespräch mit Lu immer gut gelaunt. Doch an diesem Abend ging sie mit einem seltsamen Gefühl ins Bett, das sie nicht beschreiben konnte.

Auch am nächsten Morgen musste sich Maja aus dem Bett quälen und ihr erster Gedanke galt Buddy.

Er fühlt sich sicherlich sehr einsam in der Mini-Zelle im Tierheim, dachte Maja.

Sie fragte sich, ob sie ihn vielleicht besuchen könnte, und googelte die Bürozeiten des Tierheims, um dort anzurufen und nachzufragen. Bürozeit war von acht bis zwölf. Jetzt war es sieben. Maja musste wohl von ihrer Arbeit aus dort anrufen.

Im Büro war eine Menge zu tun. Vor lauter Trubel schaffte es Maja erst in der Mittagspause, beim Tierheim anzurufen, und ihre Laune sank erneut. Es waren keine Besuche für Hunde erlaubt, die noch nicht von der Polizei zur Vermittlung freigegeben wurden. Maja wurde schlecht, wenn sie daran dachte, dass von den zwei Wochen Wartezeit noch nicht einmal zwei Tage vergangen waren.

Und so stürzte sie sich wieder in die Arbeit, schließlich stand am Nachmittag ihre erste Stadtführung an.

Stadtführungen waren nichts Neues für Maja. Bereits während ihres Studiums hatte sie immer wieder Menschen durch ihre Kleinstadt geführt, um sich etwas Geld dazuzuverdienen.

Start der Tour war wie üblich am Rathaus, das sich am oberen Ende der Altstadt befand. Es war kaum zu übersehen. Ein mächtiges Gebäude, welches sich durch seine Fassaden allerdings wunderbar ins Stadtbild einreihte.

»Verspielte Fassaden prägen vorwiegend das Bild unserer Altstadt«, erklärte Maja ihren inzwischen eingetroffenen Gästen. Es war eine überschaubare Gruppe von zehn Leuten, kunterbunt gemischt. Zu Beginn jeder Tour fragte Maja die Gäste immer danach, was sie in die Stadt gebracht hatte, um die Atmosphäre etwas zu lockern. Da war ein älteres Ehepaar, das die Reise von seinen Enkeln geschenkt bekommen hatte, ein typisches junges Paar auf Rucksackreise, ein Paar mittleren Alters, welches die Stadt noch auf seiner »Bucketlist« abhaken wollte, ein älterer Herr, der sich für Kunstgeschichte generell interessierte, und zwei reifere Damen, die in ihrer Jugend hier gelebt hatten und neugierig waren, was inzwischen aus der Stadt geworden war.

»Ich bin wegen Ihnen hier«, ertönte eine Stimme. Ein junger Mann, höchstens um die dreißig, kam mit dem Fahrrad auf die Gruppe zugeschossen und grinste. Maja lief puterrot an und dachte:

Na prima, zu spät kommen und dann auch noch dumme Sprüche reißen. Das hatte ihr gerade noch gefehlt. Sie sah auf und blickte in die strahlend blauen Augen eines blonden Lockenschopfs. Für Maja sah er aus wie ein typischer Student. Das wunderte sie, denn Studenten kamen sonst nur in ihre Stadtführungen, wenn sie Recherche für die Uni betreiben mussten. Also eigentlich nie ganz freiwillig. Kurz schweiften Majas Gedanken zu Buddy. Wie gerne sie jetzt bei ihm wäre. Doch schon wurde sie wieder von dem Zuspätkommer unterbrochen: »Jetzt bin ich ja da und wir können loslegen.«

Wann es losgeht, bestimme immer noch ich, dachte Maja aufgewühlt. Der Typ hatte vielleicht Nerven.

»Wenn Sie nicht zu spät gekommen wären, hätten wir schon viel früher loslegen können«, blaffte Maja zurück. Ups, wo kam das denn plötzlich her? Das war eigentlich gar nicht ihre Art.

»Ich bitte höflichst um Entschuldigung«, grinste der Lockenschopf zurück.

Maja wollte gerade ihren Zettel mit den Teilnehmern in die Tasche stecken, als er ihr aus der Hand glitt und zu Boden fiel. Der junge Mann hob ihn auf und schaute Maja dabei ganz frech tief in die Augen. Er deutete auf einen Namen auf dem Zettel und sagte: »Tim, das bin übrigens ich.«

Wieder wurde Maja tiefrot und stotterte: »O ... okay, danke, Tim.«

Ging es eigentlich noch peinlicher? Maja versuchte sich zu sammeln. Normalerweise war es ein Leichtes für sie, die Stadtführungen komplett auswendig zu machen. Doch heute nahm sie vorsichtshalber ihre Notizen zur Hand.

»Durch die gute Lage am Fluss haben sich hier sehr früh Menschen niedergelassen. Man kann die Besiedelung unserer Stadt bis in die Steinzeit zurückverfolgen. Mit dem zunehmenden Handel im Mittelalter kam der Wohlstand in die Stadt. Und auch das Gastgewerbe florierte.«

»Ich kann mir vorstellen, dass noch ein ganz anderes Gewerbe vorzüglich florierte«, wurde Maja schon wieder von ihrem Lieblingsgast unterbrochen.

Was sollte diese Bemerkung nun wieder? »Souverän bleiben, souverän bleiben«, murmelte sie vor sich hin. »Sie haben recht, auch diese Art von Gewerbe war im Mittelalter bereits in vollem Aufschwung. Damals zogen die Damen durch Städte und Dörfer, um ihre Körper anzubieten. Sie waren meist nicht sesshaft.«

Mit diesem Konter hatte der junge Mann wohl nicht gerechnet. Dieses Mal waren es Maja und der Rest der Reisegruppe, die grinsten. Maja führte die Gruppe noch ein Stück weiter die Altstadt hinunter in eines der schönsten Viertel, wie sie fand. Hier befanden sich winzige Gassen und in jeder von ihnen gab es etwas zu bestaunen. Ein kleines Café, bunt bepflanzte Balkonkästen, eine wunderschön verzierte Fassade, ein kleiner Buchladen mit ganz besonderen Werken. Es war wie in einem Labyrinth, in dem man immer etwas Neues, Wunderbares entdecken konnte, wenn man nur die Augen für die kleinen Dinge offen hielt. In diesem Teil der Stadt ließ Maja ihre Gäste immer ein wenig alleine herumstöbern und somit vereinbarten sie einen Treffpunkt und eine Uhrzeit für die Fortführung der Tour. Maja wollte gerade an dem kleinen Brunnen inmitten des bunten Viertels Pause machen, als sie bemerkte, dass der junge Mann aus der Reisegruppe immer noch neben ihr stand.

»Möchten Sie sich nicht diesen wunderschönen Teil der Stadt genauer ansehen und ein wenig herumstöbern?«, fragte Maja.

»Lassen wir doch dieses alberne ‚Sie‘.«

Tim streckte ihr die Hand hin. Maja zögerte kurz. Dann schüttelte sie Tims Hand, ließ jedoch sofort wieder los, als sie merkte, dass dies gar nicht so unangenehm war. Maja schoss erneut die Röte ins Gesicht. Das konnte sie auch vor Tim nicht verbergen. Und da war es wieder, das freche Grinsen auf seinen Lippen. Dieser Typ ging ihr langsam auf den Keks. Sie musste ihn loswerden. Also erfand sie kurzerhand eine Ausrede: »Ich muss noch ins Tourismusbüro und dort ein paar Dinge erledigen.«

Doch als sie Tims enttäuschten Gesichtsausdruck sah, überkam sie das schlechte Gewissen. Alle anderen Gäste aus ihrer Reisegruppe waren in kleinen Gruppen oder als Paar losgezogen. Tim jedoch war alleine. »Oh, in Ordnung«, sagte er.

»Wir sehen uns dann am vereinbarten Treffpunkt in dreißig Minuten. Schau dir dieses wundervolle Viertel an«, empfahl ihm Maja.

»Das kann ich mir noch ziemlich oft ansehen«, entgegnete Tim. Doch das hörte sie schon gar nicht mehr.

Besagter Treffpunkt war wieder das Rathaus. Als die Gruppe vollständig eingetroffen war, Tim war erneut um ein paar Minuten zu spät, führte Maja sie in Richtung Hafen. Die restliche Zeit der Führung war Tim sehr still. Er stellte hin und wieder eine passende Frage, seine spitzen Bemerkungen hingegen blieben aus. Und Maja fragte sich, ob sie vorhin ungerecht zu ihm gewesen war. Hatte sie ihn verärgert? Auch als sie sich am Ende der Führung von ihren Gästen verabschiedete, kam von Tim nur ein höfliches »Auf Wiedersehen, vielen Dank!«, und er zog mit den anderen Gästen davon.

Kapitel 4 – Schlechte Laune?!

Am Ende dieses Tages hatte Maja noch schlechtere Laune als zu Beginn. Ben war noch nicht zu Hause und so beschloss sie, Lu anzurufen und ihr von den jüngsten Ereignissen zu berichten. »Ich habe ja schon einiges erlebt, aber dieser Typ mit seinen blöden Sprüchen, das ging mir echt zu weit.« Maja spürte selbst, wie sie sich am Telefon hineinsteigerte.

»Also wenn du mich fragst, klingt es ganz danach, als wäre dieser Typ ziemlich süß«, grinste Lu am anderen Ende der Leitung.

»Lu!«, schrie Maja ins Telefon.

»Schon gut, schon gut, Maja, was ist denn bloß los mit dir? Das war lustig gemeint. Jetzt krieg dich wieder ein, diesen Typ siehst du wahrscheinlich nie wieder.« Das war es ja gerade, was Maja beschäftigte. Warum steigerte sie sich in die Sache so rein? Es gab keinen Grund dafür. Sie regte sich einerseits unglaublich über Tims Verhalten auf und andererseits hatte sie immer noch ein schlechtes Gewissen. Da hörte sie das Türschloss. Ben kam nach Hause. »Ich muss auflegen, Lu, Ben kommt gerade zurück.«

»Alles klar, Maja, genieß den Abend und hör auf zu denken«, pflichtete ihr Lu bei. »Ich hab dich lieb.« Und klack, Lu hatte aufgelegt.

Auch vor Ben konnte Maja ihre schlechte Laune an diesem Abend nicht verbergen und die nächsten Tage wurden nicht besser. Das Aufstehen fiel Maja mit jedem Tag schwerer. In der Arbeit war sie dann zwar abgelenkt, aber am Abend erreichte ihre Laune wieder einen Tiefpunkt. Das blieb auch Ben nicht verborgen.

»Maja, was ist denn in letzter Zeit eigentlich los mit dir?«

»Warum, was soll los sein?«, entgegnete sie in einem zu gereizten Ton, wie ihr gleich auffiel, kaum hatte sie den Satz ausgesprochen.

»Na ja, du hast unübersehbar schlechte Laune, sprichst kaum ein Wort und alles, was ich vorschlage, was wir unternehmen könnten, lehnst du grundsätzlich ab.« Ben sprach so sanft wie möglich.

»Das ist doch Unsinn«, blaffte Maja zurück. Und schon wieder war ihr Ton alles andere als sachlich. »Ich würde doch nur gerne wissen, was in dir vorgeht«, versuchte es Ben erneut mit ruhiger Stimme. Maja wusste, dass er es nur gut meinte, doch was sollte sie ihm sagen? Sie wusste doch selbst nicht genau, was los war. Sie konnte es ihm nicht erklären, wenn sie es selbst nicht verstand. Wenn sie selbst nicht wusste, warum diese Laune inzwischen fast zu einem Dauerzustand geworden war. Doch das konnte sie Ben nicht sagen. Das würde er nicht verstehen. Stattdessen sagte sie: »Es ist nichts, alles in Ordnung. Ich weiß nicht, wie du darauf kommst.« Ben kräuselte kurz die Stirn.

»Hmm ... ist es immer noch wegen dem Hund?!« Er nannte ihn einfach »Hund«. Das konnte Maja am allerwenigsten verstehen.

»Du meinst Buddy?«, entgegnete sie barsch.

»Ja. Maja, du solltest ihn nicht so nennen, du baust eine viel zu innige Beziehung zu ihm auf.«

»Ich nenne ihn, wie ich will!« Jetzt schrie Maja schon

fast, was ihr eigentlich leidtat. Sie merkte, wie auch Ben langsam die Geduld verlor und gerade zu einem Konter ansetzte. Doch plötzlich klingelte sein Telefon. Er hob ab. »Ja, ich verstehe. Ja, ich denke schon. Vielen Dank. Auf Wiederhören.«

»Wer war das?«, fragte Maja.

»Die Polizei«, antwortete Ben. »Wenn wir wollen, können wir den Hund behalten.«

»Buddy!«, schrie Maja. Und diesmal war es ein Freudenschrei.

Im Tierheim wurden sie schon schwanzwedelnd von Buddy begrüßt. Maja schloss ihn in ihre Arme und alles schien wieder gut zu sein. Die ganze schlechte Stimmung der letzten Tage war wie weggefegt.

Buddy war wohl in den letzten zwei Wochen um ein ganzes Stück gewachsen und auch die Pflegerin im Tierheim erklärte, dass er noch um einiges größer werden würde. Maja musterte Buddy zum ersten Mal nach der ganzen Aufregung genauer. Zum Großteil hatte er schwarzes Fell, in der Mitte des Gesichts und an der Brust war er weiß. Seine Augenbrauen und auch seine Backen und Pfoten waren mit braunem Fell überzogen.

»Eindeutig ein Berner Sennenhund«, erklärte ihnen die Pflegerin aus dem Tierheim.

Wie schon bei der Hinfahrt ins Polizeirevier sprang Buddy vorne zu Maja in den Fußraum und ihre Stimmung war so grandios wie seit Wochen nicht mehr. Sie war glücklich.

Auf der Heimfahrt hielten sie noch beim Kleintierbedarf

und besorgten das Nötigste für Buddy, was ihnen die Pflegerin auf einer Liste aufgeschrieben hatte: Trocken- und Nassfutter, einen Napf für das Futter und einen für Wasser, ein Halsband, eine Leine und ein Körbchen oder besser gesagt: einen Korb, da Buddy ja noch wachsen würde.

Als sie zu Hause ankamen, war es bereits nach acht. Maja kochte eine Kleinigkeit und Buddy bekam sein Futter. Zur Feier des Tages öffnete Ben eine Flasche Wein. Maja protestierte zunächst, da sie ja morgen beide in die Arbeit mussten, doch sie ließ sich schnell überreden. Sie war einfach zu glücklich.

Nach dem Abendessen fing Ben an, den Tisch abzuräumen, und gerade als Maja aufstehen und ihm helfen wollte, schlang er die Arme von hinten um sie und hielt ihr ein kleines Kästchen in hübsch verpacktem Geschenkpapier hin. Kurz stockte ihr der Atem. Das wird doch nicht ... das kann nicht sein ... das wäre noch zu früh ... Ben schien ihre Gedanken zu lesen, denn sofort sagte er: »Mach dir nicht in die Hosen, sondern schau erst mal hinein.« Vorsichtig nahm Maja ihm das Kästchen aus den Händen. Sie löste die Schleife, riss das Papier förmlich herunter und war erleichtert, als sie das Geschenk erblickte. Ben hatte einen Anhänger für Buddys Halsband gekauft, auf dem sein Name und ein kleines Herz eingraviert waren. Sofort rief sie nach Buddy, um den Anhänger an seinem Halsband anzubringen, doch Buddy rührte sich nicht. Er schlief bereits tief und fest in seinem Korb. Es musste wohl auch für ihn ein sehr aufregender Tag gewesen sein.

Vorsichtig schlich sich Maja an ihn heran und befestigte

den Anhänger am Halsband. Dann drehte sie sich zu Ben um, schlang die Arme um seinen Hals und küsste ihn so leidenschaftlich, wie sie es seit Wochen nicht mehr getan hatte. Er erwiderte ihren Kuss mit derselben Intensität und keiner der beiden dachte noch daran, den Tisch abzuräumen.

Maja vergrub ihre Hände in Bens Haaren. Nachdem sie gefühlt eine halbe Stunde nur umschlungen dagestanden und sich geküsst hatten, nahm Ben Majas Kopf ganz vorsichtig zwischen seine Hände und ging mit ihr langsam durch die Türe Richtung Schlafzimmer. Alle Sinne in Majas Körper schienen intensiver denn je. Eine Gänsehaut breitete sich auf jedem Zentimeter ihrer Haut aus, sobald Ben sie berührte. Alle negativen Gedanken der letzten Wochen schienen von ihr abzufallen. Sie konzentrierte sich voll und ganz auf Ben. Auf diesen wundervollen Mann, der sie manchmal zur Weißglut bringen konnte, aber den sie so sehr liebte. Wenn sie in seine dunklen Augen blickte und seine Zärtlichkeit spürte, konnte sie das Gefühl nicht beschreiben, das sie empfand. Ein Gefühl von Geborgenheit, von Sicherheit und so viel Liebe, dass sie glaubte, es wäre ein Traum.

Doch sie träumte nicht. Ben setzte Maja sanft aufs Bett. »Nicht bewegen«, flüsterte er ihr ins Ohr. Das Hauchen und sein Atem so nah an ihrem Ohr ließen Majas Körper beben. Es war gar nicht so einfach, sich ruhig zu halten, während Ben damit begann, sie ganz langsam auszuziehen. Er liebkoste jeden Zentimeter ihres Halses, nahm ihre Arme mit der einen Hand und zog ihr mit der anderen den Pullover über den Kopf. In Jeans und BH saß sie nun vor ihm und er fing an, feine Linien mit seinen Händen auf ihrem ganzen Oberkörper zu malen. Dabei ließ er sie keine Sekunde aus den Augen. Er fixierte sie, gab ihr das Gefühl, dass ihr Körper etwas ganz Besonderes ist, und dieser Körper reagierte auf jede seiner Berührungen. Als Ben ganz locker Majas BH öffnete und ihre Brüste mit weichen Küssen überdeckte, war sie schon kurz davor, sich fallen zu lassen. Doch Ben wusste genau, wann er ihr wieder eine Pause von nur Sekunden gönnen musste, um den Moment noch weiter hinauszuzögern. Als er mit seinen Küssen weiter bis zu Majas Bauchnabel gewandert war, öffnete er ganz vorsichtig den Knopf ihrer Hose, hob Maja kurz an, als wäre sie leicht wie eine Feder, und streifte ihre Jeans mit einem Zug von ihren Beinen. Kurz hielt er wieder inne, um ihren Körper zu betrachten. In seinem Gesichtsausdruck lag ein Staunen, als sähe er zum ersten Mal etwas so Wunderschönes. Er strich mit seinen Händen die Innenseite ihrer Oberschenkel entlang und Maja wusste, lange hielt sie nicht mehr durch, bald würde sie ganz automatisch fallen. Er schmiegte seinen Körper ganz eng an Maja, drückte sie sanft auf die Kissen im Bett zurück und streifte ihr im selben Atemzug das Höschen ab. Maja bebte. Sie konnte den Moment kaum abwarten. Sie wollte Ben berühren, ihn genauso küssen, wie er es bei ihr tat, doch er hielt sie fest. Er wollte, dass dieser Moment ganz Maja gehörte. Wenn ich ihn doch nur berühren könnte, dachte Maja. Und als ob sie es laut ausgesprochen hätte, streifte sich Ben sein Shirt ab, ohne den Blick von Maja zu nehmen, zog sich seine Hose zusammen mit seinen Boxershorts in einem Zug aus, ohne die eine Hand von Maja zu nehmen, und schmiegte sich im nächsten Moment wieder ganz nah an sie. Erneut versuchte Maja ihn zu küssen, ihn zu berühren, sie wollte ihm etwas zurückgeben, doch sogleich gab sie es auf. Ben war jetzt mit seinem ganzen Körper auf Maja, aber sein Gewicht machte ihr nichts aus. Sie konnte die Wärme seines Körpers spüren, die sich direkt in ihr Herz auszubreiten schien. Ben drückte ganz sanft Majas Oberschenkel auseinander und dann fiel sie, immer weiter, und jeder Schmerz und jeder Kummer waren ganz weit weg.

Maja griff nach Bens Hand. Sie tastete im Bett umher, versuchte verzweifelt seine Hand zu finden. Doch vergeblich. Ben war nicht da. Schlaftrunken öffnete Maja ihre Augen. Neben ihr lag nur eine zusammengeknüllte Bettdecke. »Ben?«, rief Maja. Vielleicht war er nur schon wach und machte sich für die Arbeit fertig. Wie spät war es eigentlich? Maja griff nach ihrem Handy auf dem Nachttisch. Sechs Uhr dreißig. Vielleicht ist er joggen gegangen, wie er es so oft früh morgens tut, versuchte sich Maja selbst zu beruhigen. Sie ließ sich wieder in die Kissen fallen. Warum musste er ausgerechnet nach so einer schönen Nacht laufen gehen? Maja wollte jetzt nicht allein sein, sie wollte sich an ihn schmiegen. Wenn er da war, hatte das immer eine beruhigende Wirkung auf sie. Maja versuchte nicht mehr daran zu denken und wieder einzuschlafen. Doch sie konnte nicht schlafen. Alle möglichen Gedanken kreisten in ihrem Kopf. Sie dachte an gestern Nacht, an Buddy ... Und dann fiel es ihr wie Schuppen von den Augen. Ben war bestimmt schon mit Buddy nach draußen gegangen. Der arme Buddy musste sicher schon ganz dringend. Sie sprang aus dem Bett und tapste Richtung Küche, wo das ganze Geschirr auf dem Tisch noch so verteilt war, wie sie es gestern hinterlassen hatten. Buddy jedoch schlummerte friedlich in seinem Korb. Wo war Ben nur? Ein ungutes Gefühl beschlich Maja. Weil sie nicht wusste, was sie tun sollte, und nicht zurück ins Bett gehen wollte, begann sie den Tisch abzuräumen. Dort lag etwas. Ein Zettel. Ein Zettel mit Bens Handschrift. Maja nahm ihn in die Hand und dachte sich noch: Prima, wenigstens hat er eine kurze Nachricht hinterlassen, wo er so früh schon hin ist. Als sie jedoch zu lesen begann, stockte ihr der Atem.

»Maja,

ich kann das nicht mehr mit uns. Es ist vorbei. Es tut mir leid.

Ben«

Maja fiel. Sie fiel und fiel und fiel. In ein tiefes schwarzes Loch. Sie rutschte am Tisch entlang auf den Boden hinunter. Sie hatte keine Kraft, sich noch aufrecht zu halten. Ihre Gedanken überschlugen sich. Ben war fort. Das konnte nicht wahr sein. Das war alles ein riesiges Missverständnis. Was war passiert? Was war vorgefallen, was sie nicht mitbekommen, nicht bemerkt hatte? Gestern Nacht war so wunderschön gewesen. Nur für sie, für Ben nicht?

Maja fühlte sich, als würden ihre Eingeweide zusammengepresst. Sie hatte das Gefühl, sie müsse sich gleich übergeben, und zitterte am ganzen Körper. Alles in ihr schien sich zusammenzuziehen. Ein Gefühl, als würde sie nie wieder glücklich werden in ihrem Leben. Sie weinte nicht. Aber sie wollte schreien. Sie wollte schreien, aber es kam kein Ton heraus.

Und plötzlich spürte sie etwas Weiches an ihrem Gesicht. Es schmiegte sich an sie und sofort beruhigte sie sich ein wenig. Und im nächsten Moment sprach jemand mit ihr. Es klang panisch. »Maja, Maja, was ist denn los? Maja, beruhige dich.« Sie kannte diese Stimme. Aber das konnte nicht sein. Das konnte nicht Bens Stimme sein. Er hatte sie gerade verlassen. Wieso war er jetzt wieder zurückgekommen? Maja verstand die Welt nicht mehr. Was war hier los? Dann packte sie jemand und schüttelte sie heftig.

Maja schlug die Augen auf. Ben stand mit entsetztem Gesichtsausdruck vor ihr. Buddy war aufs Bett gesprungen und hatte sich an sie geschmiegt. Jetzt erst bemerkte sie, dass sie schweißgebadet war. »Maja, du hast geträumt.«

Auch Ben war schweißgebadet, vom Joggen mit Buddy. Majas Puls raste immer noch. Sie konnte sich kaum beruhigen. Ben sah sie voller Sorge an. »Ich mache dir erst mal eine Tasse Tee und dann erzählst du mir von deinem Traum.« Maja war sich nicht sicher, ob das so eine gute Idee war. Aber es brachte auch nichts, Ben anzulügen. Aufrecht saß sie nun im Bett und strich Buddy gedankenverloren über das Fell. Auch er schien zu merken, dass etwas nicht stimmte. Maja hatte das Gefühl, Buddy wollte sie trösten. Dann kam Ben mit einer dampfenden Tasse zurück und drückte sie Maja in die Hand. »Trink, dann wird es dir gleich besser gehen.«

»Danke«, entgegnete sie. Sie hatte ihre Stimme noch nicht wirklich wiedergefunden. Eine Zeit lang saßen alle drei nur so da, doch Maja wusste, dass Ben wissen wollte, was los war. Und tatsächlich, eine Minute später fragte er behutsam: »Maja, was ist denn Schlimmes passiert in deinem Traum?« Maja holte tief Luft und dann begann sie die Geschichte noch einmal zu durchleben. Zwischendurch brach ihr immer wieder die Stimme. Doch sie erzählte tapfer weiter. Als sie fertig war, rannen ihr Tränen über das Gesicht. Sie schämte sich. Es war doch nur ein Traum. Ben nahm sie in die Arme. »Oh Maja, habe ich dir denn irgendeinen Grund gegeben, warum du denken könntest, dass ich unsere Beziehung beenden möchte?« Maja schüttelte den Kopf. »Siehst du. Und das habe ich auch nicht vor.« Diese Worte beruhigten Maja ein wenig. Sie schmiegte sich an Ben, und es war ihr egal, dass er noch nach Schweiß roch. Er hielt sie einfach nur fest, und das war genau das, was sie jetzt brauchte.

An diesem Morgen konnte sich Maja nur schwer auf die Arbeit konzentrieren. Draußen prasselte der Regen gegen die Scheiben. Es wurde langsam Herbst und Maja kam diese Sommernacht, in der sie ihren Abschluss gefeiert hatten, schon wieder ewig weit weg vor. Ben hatte Buddy mit ins Büro genommen. Da er im Familienbetrieb arbeitete, war das kein Problem. Er wollte aber, dass sie abwechselnd den Hund nahmen, denn wenn Ben wichtige Kundentermine hatte, konnte er ihn nicht mitnehmen. Maja wusste allerdings nicht, wie Lydia das sehen würde, und wollte erst den richtigen Zeitpunkt abwarten, um mit ihr darüber zu sprechen.

Heute war es hektisch im Büro. Da es draußen regnete, mussten sie die Stadtführungen am Nachmittag umplanen. Noch dazu fiel es Maja heute besonders schwer, sich zu konzentrieren, da sie mit den Gedanken immer wieder zu ihrem Traum der letzten Nacht abschweifte. Der Regen ließ nicht nach. Im Gegenteil, es wurde immer lauter im Büro, da die Tropfen mit Wucht gegen die Fensterscheiben prasselten.

»Alle Stadtführungen für heute Nachmittag habe ich gerade abgesagt. Das macht keinen Sinn bei diesem Wetter. Dafür wirst du morgen vielleicht schon am Vormittag welche geben müssen«, sagte Lydia zu Maja. Diese wusste gerade nicht, ob sie sich freuen sollte, dass sie bei diesem Wetter nicht nach draußen musste, oder ob es eine gute Ablenkung gewesen wäre.

Kurz nach Mittag klingelte ihr Handy. Es war Ben.

»Geht es dir besser?«

»Ja, es geht schon«, war Majas einfache Antwort.

»Finn möchte unbedingt Buddy kennenlernen, und wir haben uns für heute Abend im Oldtown verabredet. Möchtest du dazukommen? Und vielleicht Lu und Clarissa auch fragen?« Eigentlich hatte Maja so gar keine Lust, heute Abend noch auszugehen. Allerdings wollte sie ihren Freunden Buddy nicht vorenthalten. Sie schickte ein paar Nachrichten an ihre Freundinnen und alle verabredeten sich für neunzehn Uhr im Oldtown.

Als Maja an diesem Abend das Büro verließ und sich direkt auf den Weg ins Café machte, schüttete es draußen immer noch. Natürlich hatte sie nicht an einen Regenschirm gedacht, und obwohl das Café auch zu Fuß gar nicht weit entfernt war, war sie ziemlich durchnässt, als sie dort ankam.

Alle bis auf Ben waren schon da. Sie nahm ihre Freundinnen kurz in den Arm. Auch Finn schenkte sie eine flüchtige Umarmung. Lu sah hübsch aus wie immer. Und auch Clarissa war wie üblich stilsicher gekleidet. Clarissa war etwas größer als Maja, hatte blond-braunes Haar, braune Augen und einen unverkennbaren Stil. Dieser ließ sich schwer beschreiben, aber er war einmalig. Heute Abend trug sie eine dunkelblaue weite Hose, die ihr bis kurz über die Knöchel reichte, und dazu braune Stiefeletten. Jedoch so, dass noch ein Stück ihrer Haut zu sehen war. Zu dieser sowieso schon sehr weiten Hose kombinierte sie einen braunen Schlabber-Pulli passend zu der Farbe ihrer Schuhe. Wenn ich so etwas tragen würde, dachte sich Maja, dann sähe das aus, als hätte ich einen Schlafanzug an. Clarissa jedoch rundete ihr Outfit mit einem grauen Hut ab, welcher als Highlight hervorstach. Eine solche Kombination konnte sich nur Clarissa ausdenken und sie sah darin keineswegs schlecht aus. Im Gegenteil. An ihr wirkte diese ganze Kombination lässig und doch schick.

Alle vier setzen sich an ihren Lieblingstisch in der Ecke am Fenster und begannen angeregt ein kleines Pläuschchen zu halten, als auch schon der Kellner um die Ecke kam. Maja nahm ihn gar nicht richtig wahr, so vertieft war sie in das Gespräch mit den anderen, bis er ihr die Speisekarte reichte und das Wort ergriff: »Du siehst aus wie ein begossener Pudel.«

»Wie bitte?«, fragte Maja und blickte hoch.

»Du siehst aus wie ein begossener Pudel.« Jetzt hatte Maja erst zugeordnet, wer da vor ihr stand. Es war Tim. Und er war genauso frech, wie sie ihn kennengelernt hatte.

»Na ja, es regnet draußen«, erwiderte Maja kleinlaut.

»Dafür gibt es Regenschirme«, meinte Tim. Sie nahm ihm die Karte ab, er zwinkerte nur kurz und dann war er wieder verschwunden.

»Was war das denn gerade?«, wollte Clarissa wissen und blickte Maja durchdringend an. Doch in diesem Moment ging die Tür auf und Ben kam mit Buddy herein. Die beiden waren ebenfalls ziemlich nass. Vor allem Buddy. Als er Maja sah, konnte Ben ihn kaum halten.

»Hey Leute, darf ich vorstellen: Buddy. Buddy, darf ich vorstellen: Lu, Clarissa und Finn.« Die Mädchen waren entzückt: »Oh, ist der süß. Wenn du mal jemanden brauchst, der auf ihn aufpasst, übernehme ich das gerne, Maja«, war Lus Reaktion. Auch Clarissa stürzte sich sofort auf den Hund und wollte gar nicht mehr aufhören mit den ganzen Streicheleinheiten. Von Finn wurde Buddy mit einem kurzen Ohrenkraulen begrüßt, was das Tier als sichtlich angenehm empfand.

Als Tim wieder an ihren Tisch kam, um die Bestellung aufzunehmen, stellte er Buddy einen Napf mit Wasser hin, auf den sich der Hund sogleich stürzte.

Tim war den ganzen Abend freundlich und professionell und es fiel kein dummer Spruch mehr. Als Maja sehr spät mit Ben und Buddy das Lokal verließ, war sie ziemlich aufgedreht, da sie ihre Freunde schon seit einiger Zeit nicht mehr gesehen hatte und sich alle viel Neues zu erzählen hatten. Der Traum von heute Morgen war darüber schon fast vergessen.

Kapitel 5 – Tanzen

In dieser Nacht schlief Maja zur Abwechslung mal tief und fest und hatte am nächsten Morgen das Gefühl, ausgeruht zu sein. Das Aufstehen fiel ihr leichter als die letzten Wochen. Der Abend mit ihren Freunden hatte ihr merklich gutgetan. Ben war mit Buddy bereits zur Arbeit aufgebrochen und so machte sich auch Maja auf den Weg ins Büro.

Später am Abend war sie mit Lu im Tanzstudio verabredet. Die beiden tanzten schon seit dem Kindesalter für ihr Leben gern.

Maja nahm den Bus. Das Tanzstudio lag am äußeren Stadtrand. Buddy begleitete sie, da Ben zu einem Geschäftsessen verabredet war und nicht auf ihn aufpassen konnte.

Buddy kam noch nicht wirklich im Stadtverkehr zurecht. Als ein anderer Hund in den Bus einstieg, konnte Maja ihn kaum halten und sie hatte einige Mühe, ihn zu bändigen, denn er wollte seinen Artgenossen offenbar begrüßen. Als er merkte, dass er an der Leine zurückgehalten wurde, fing er an, laut zu bellen. »Pscht, Buddy, bist du wohl still«, versuchte Maja ihn zu beruhigen. Doch egal was sie unternahm, Buddy bellte weiter, bis der andere Hund mit seinem Herrchen an der nächsten Haltestelle wieder ausstieg. Alle Augen waren auf Buddy und Maja gerichtet, und die Gesichter, in welche sie blickten, schienen keineswegs freundlich gestimmt zu sein. Ein paar Leute schüttelten sogar den Kopf über das Verhalten des Hundes.

»Mann, Buddy, das war ganz schön peinlich.« Verärgert blickte Maja nun zu Buddy hinunter. Dieser schien allerdings nicht zu begreifen, was er gerade falsch gemacht haben sollte.

»Wir müssen dringend in die Hundeschule mit dir«, sagte Maja in vorwurfsvollem Ton zu ihm. Sie war froh, dass sie an der nächsten Station aussteigen und den verständnislosen Blicken der Mitfahrer entgehen konnte.

Von der Bushaltestelle waren es nur noch wenige Minuten zu Fuß bis zum Studio.

Als Maja mit Buddy die Umkleidekabine betrat, war Lu schon fast umgezogen. Buddy stürzte sofort freudig auf sie zu und hüpfte an ihr hoch.

»Halt, Buddy, stopp, nicht so forsch.« Doch er hörte nicht auf Maja.

»Sorry, Lu, wir müssen ihm wohl erst noch ein paar Manieren beibringen.«

»Och, das ist doch gar kein Stress, Maja, der Kleine ist so süß.«

Lu streichelte Buddy über die Ohren.

»Aber sag mal, darfst du ihn denn überhaupt mit hierherbringen? Sind Hunde hier erlaubt?«, fragte Lu vorsichtig.

»Das war auch meine Sorge, aber ich habe Mel vorhin angerufen und sie meinte, es sei in Ordnung, solange Buddy nicht den Unterricht stört.«

»Cool«, sagte Lu.

Inzwischen war auch Maja fast umgezogen. Beide trugen enge Leggings und ein einfaches Shirt darüber.

»Maja, ich muss dich später etwas fragen, mir ist da eine

Idee gekommen und ich will unbedingt mit dir darüber reden.«

»Klar«, entgegnete Maja.

»Lu, Maja, wo bleibt ihr denn?« Die beiden beeilten sich. Das war die Stimme ihrer Tanzlehrerin Mel und sie mochte es gar nicht, wenn man sie warten ließ. An diesem Tag war Ballettunterricht angesagt. Mel erwartete sie bereits in einem großen Raum mit lauter Spiegeln an den Wänden und Barrés davor. Maja mochte die Ballettstunden, obwohl sie immer ziemlich anstrengend waren. Buddy setzte sie in eine Ecke und gebot ihm, sich dort auf eine Decke zu legen und zu warten. So hatte sie ihn zumindest im Blick.

Mel war keineswegs die klassische Ballettlehrerin, wie man sie sich vorstellte. Sie hatte bis auf ein paar Millimeter rasiertes, blondes Haar, einen durchtrainierten Körper und wirkte schon fast »cool«, wie sie an eine Ballettstange gelehnt auf die beiden wartete.

»Auf geht's, wir starten mit dem Aufwärmen.« Mel klatschte in die Hände und begann mit ausgiebigen Dehnübungen. Lu und Maja taten es ihr gleich.

»Wir machen weiter mit den fünf Grundpositionen.« Maja und Lu stöhnten. Jedes Mal mussten sie diese Positionen erneut üben, obwohl sie der festen Überzeugung waren, dass sie sie inzwischen im Schlaf beherrschten.

»Wir dürfen nie die Grundlagen vergessen. Wenn wir diese schon nicht sauber tanzen, brauchen wir den Rest gar nicht erst zu üben«, erklärte ihnen Mel wie in jeder Ballettstunde. Lu verdrehte die Augen.

»Das habe ich gesehen, Lu. Zehn Pliés zusätzlich für dich.«

Ohne weiteres Murren machte Lu zehn Kniebeugen mehr als Maja.

»Sehr schön, ihr Lieben. Nun arbeiten wir an der Choreografie weiter.«

Verschwitzt, aber glücklich verließen Maja und Lu den Raum. Buddy war die ganze Zeit brav sitzen geblieben.

»Wieso willst du mit dem eigentlich in die Hundeschule?«, wunderte sich Lu. »Der ist doch total anständig.«

»Du hast ihn im Bus vorhin nicht erlebt«, entgegnete Maja. »Aber ich muss zugeben, ich hätte nicht erwartet, dass er während unseres Unterrichts so artig ist. Was wolltest du mir denn jetzt erzählen?«, fragte Maja gespannt, während die beiden nur mit Handtuch bekleidet aus den Duschräumen kamen.

»Du darfst mich aber nicht auslachen!«

»Das würde ich nie!«, sagte Maja grinsend.

»Schon klar«, antwortete Lu und streckte Maja die Zunge raus.

»Jetzt rück schon raus mit der Sprache!«

»Okay, okay«, begann Lu. »Mir macht das Tanzen extrem Spaß, aber in letzter Zeit hat mir irgendwie etwas gefehlt.« Maja wurde hellhörig. »Wir feilen ständig an unserer Technik, überlegen uns Choreografien, suchen Musik dazu aus, studieren Tänze ein. Aber nie bekommt das je irgendjemand zu Gesicht«, erklärte Lu.

»Na ja, wir tun das, weil es uns Spaß macht«, entgegnete Maja vorsichtig.

»Ja klar, das schon.« Lu war plötzlich ganz aufgeregt. »Aber warum sollten denn die Menschen nicht auch sehen und genießen können, was wir hier so hart erarbeiten? Was spricht denn dagegen?« Maja war noch nicht ganz überzeugt. »Worauf willst du hinaus?«

Lu stellte einen Fuß auf die Bank in der Umkleidekabine, um sich den Schnürsenkel zu binden. Dann blickte sie zu Maja auf und sagte begeistert: »Wir könnten doch eine kleine Show veranstalten. Wir machen ein bisschen Werbung dafür, laden Familie, Freunde und Bekannte ein und die Einnahmen könnten wir spenden. Was sagst du?«

Lu war völlig aus dem Häuschen, sodass sie sogar vergaß, ihren zweiten Schnürsenkel zuzubinden. »Hm«, war Majas einzige Reaktion. Sie dachte an den peinlichen Zwischenfall bei ihrer Studienabschlussfeier, als sie von der Bühne fiel. Dann dachte sie daran, dass bei so einer Show mit Sicherheit mindestens genauso viele oder mehr Gäste anwesend sein würden. Was, wenn sie sich wieder blamierte, falls irgendetwas schiefging? »Ich weiß nicht, Lu.«

»Och, komm schon, Maja, wir brauchen mal wieder eine Herausforderung. Bist du dabei oder nicht?« Lu setzte ihr das Messer auf die Brust. Generell war es schwer, ihr etwas abzuschlagen, da sie sehr überzeugend argumentieren konnte.

Eigentlich hat Lu recht, wir tanzen schon unser Leben lang und keiner außer unseren Eltern hat es je gesehen. Und wenn es dann auch noch für den guten Zweck wäre, dachte Maja. Aber eine gewisse Unsicherheit machte sich in ihr breit, weshalb sie antwortete: »Das ist grundsätzlich eine tolle Idee. Aber bitte gib mir noch ein bisschen Zeit, um darüber nachzudenken.«

Kurz merkte man Lu an, dass sie ein wenig enttäuscht war, dass Maja nicht sofort zusagte. Trotzdem grinste sie: »Ich bin mir sicher, dass du ja sagen wirst.« Und auch Buddy gab vor lauter Begeisterung ein kurzes Bellen von sich, als wollte er Maja ebenfalls überzeugen.

Auf dem Nachhauseweg sprach Lu von nichts anderem mehr: »Das wird spitze! Ich habe da auch schon ein paar Ideen im Kopf.«

Maja hingegen träumte in dieser Nacht, dass sie bei einer Pirouette das Gleichgewicht verlor und von der Bühne fiel.

Kapitel 6 – Trübe Gedanken

Wieder wachte Maja schweißgebadet auf. Sie konnte sich noch haargenau an den Traum erinnern. Wäre sie nicht so fix und fertig gewesen, hätte sie den Traum sogar lustig gefunden. Es sah irgendwie komisch aus, wie sie sich auf der Bühne drehte und dann kopfüber ins Publikum fiel. Ob sie sich dabei verletzt hatte, konnte sie nicht sagen. An dieser Stelle war sie aufgewacht. Würde das jetzt immer so sein? Würde sie jeden Morgen von irgendeinem anderen Traum völlig fertig und klitschnass aufwachen? Maja blickte auf die Uhr auf dem kleinen Schränkchen neben ihrem Bett. Sie erschrak. Bereits neun Uhr? Ich müsste längst in der Arbeit sein! Doch dann fiel ihr wieder ein, dass es ja Samstag war. Ben war bereits mit seinen Freunden unterwegs. Die machten irgendeinen Ausflug nur unter Männern. Maja wollte den Tag heute mal genießen und nichts tun, also stand sie auf, ging schlurfend und gähnend in die Küche und lehnte sich an die Arbeitsplatte. Zum Geburtstag letztes Jahr hatte sie eine nagelneue Kaffeemaschine bekommen. Diese liebte sie. Während sie zusah, wie auf Knopfdruck Kaffee in ihre Tasse floss, schäumte sie sich Milch mit einem Mini-Rührgerät auf. Das würde heute ein schöner und richtig fauler Tag werden, dachte Maja. Mit ihrer Tasse setzte sie sich an den Tisch. Gerade als sie zum ersten Schluck ansetzte, tapste Buddy auf sie zu. Er sah im Gegensatz zu Maja topfit aus.

»Na du? Wie geht es dir?«

Buddy begrüßte sie schwanzwedelnd. Kaum ein paar

Wochen waren vergangen, seit sie Buddy aus dem Tierheim geholt hatten, und er war schon unglaublich gewachsen. Als er seiner Ansicht nach genug gekrault worden war, drehte er sich um, verließ die Küche und kam mit einer Leine im Maul zurück.

»Och nö, Buddy, Ben war doch heute Morgen sicher schon mit dir draußen?«

Doch Buddy ließ nicht locker. Er blieb vor Maja stehen und blickte ihr erwartungsvoll in die Augen. Wer konnte diesem Hundeblick schon widerstehen?

»Buddy, ich wollte doch heute mal nichts tun. Ich will nicht nach draußen gehen.« Doch es half nichts. »Okay, dann lass mich wenigstens noch meinen Kaffee austrinken.«

Buddy schien verstanden zu haben, denn sofort war er zufrieden, legte die Leine auf den Boden und setzte sich neben Maja.

Kurze Zeit später war Maja angezogen und machte sich mit Buddy auf den Weg in den kleinen Park.

Sie liebte diesen Park. Er war nur einen kleinen Fußmarsch von ihrer Wohnung in der Innenstadt entfernt. Es war, als hätte man ein kleines Stückchen Natur mitten in der Stadt. Maja fiel auf, dass die Blätter sich langsam verfärbten und von den Bäumen fielen. Rot, gelb, grün ... Auch Buddy schien seinen Spaß zu haben. Er spielte mit dem herabgefallenen Laub und wälzte sich darin hin und her. Von der Leine konnte Maja ihn noch nicht lassen. Das war ihr zu gefährlich, da immer viele andere Hunde im Park unterwegs waren. Und so auch heute. Die Sonne spitzte inzwischen ein wenig zwischen den Bäumen hindurch und plötzlich war Maja froh, nicht zu Hause geblieben zu sein. Dort hätte sie das schöne Herbstwetter verpasst. Als ein Jogger mit einem anderen Hund an ihnen vorbeilief, fing Buddy wieder an zu bellen. »Psst, ist ja schon gut. Was regst du dich denn so auf? Der andere Hund tut dir doch nichts.« Maja lernte Buddy nun immer besser kennen. Und andere Hunde waren ein echtes Problem. Wenn ich nur wüsste, wo du herkommst, wer dich einfach ausgesetzt hat und warum, wünschte sich Maja. Sie kamen an der Uni vorbei, welche gleich an den Park anschloss, und Maja dachte mit gemischten Gefühlen an ihre Abschlussfeier. Sie überquerte die kleine Brücke, die zur Universität führte. Doch diesmal ging sie nicht geradeaus durch den Unigarten auf das Gebäude zu, sondern nahm den schmalen Weg, der links nach der Brücke hinunter zum Fluss führte. Dort unten setzte sie sich auf ihre Lieblingsbank, hinter welcher Ben Buddy gefunden hatte. »Hey, Süßer, alles okay mit dir?« Buddy schien sich ein wenig unwohl zu fühlen. Er musste gemerkt haben, wo sie waren. Vielleicht hat er Angst, dass ich ihn wieder hier alleine lasse, wie es seine vorherigen Besitzer getan haben, dachte Maja. »Komm her, Buddy.« Maja klopfte mit der Hand neben sich auf die Bank und Buddy ließ sich nicht lange bitten. Er sprang zu ihr hoch, legte den Kopf in ihren Schoß und Maja kraulte gedankenverloren seine Ohren. Sie lauschten dem vorbeifließenden Wasser, was Maja ruhiger werden ließ. Sie lauschten den Vögeln, die, obwohl es langsam Herbst wurde, immer noch in voller, aber angenehmer Lautstärke ihr Zwitschern von sich gaben. Sie lauschten den vorbeilaufenden Joggern, die einen

Schritt vor den anderen setzten und dabei leise und laute Fußabdrücke auf dem Weg hinterließen. Welche Fußabdrücke werde ich wohl mal auf dieser Welt hinterlassen?, fragte sich Maja. Klar, ich habe erst vor kurzem einen sehr guten Abschluss gemacht und einen tollen Job bekommen. Doch was könnte ich in diesem Job noch erreichen? Ich könnte höchstens noch die Stelle meiner Chefin einnehmen. Und war ich dann wirklich erfolgreich? Was bedeutet es eigentlich, erfolgreich zu sein? War es nicht auch schon ein Erfolg, wie weit ich es bisher gebracht hatte in meinem Job? Andererseits, wen interessiert das schon großartig? Vielleicht ist man schon erfolgreich, wenn man die Ziele, die man sich selbst steckt, auch wirklich erreicht? Oder ist man nur erfolgreich, wenn dieser Erfolg auch nach außen für andere sichtbar wird? Hm ... vielleicht muss das jeder für sich selbst entscheiden, was Erfolg für ihn bedeutet, überlegte Maja. Andererseits, will ich mein Leben lang in diesem kleinen Büro in der Stadt arbeiten und Stadtführungen geben? Diese Gedanken hatte Maja zum ersten Mal. Und sie erschrak darüber. Warum zweifelte sie denn plötzlich an ihrem Job, wo sie doch so unglaublich glücklich gewesen war, als Lydia ihr den Vertrag zur Unterschrift hingelegt hatte. Schnell versuchte sie ihre Gedanken in andere Bahnen zu lenken. Sie wollte sich nicht damit auseinandersetzen. Sie dachte an Ben. Das Beste, was mir je passiert ist. Oder doch nicht? Führten sie denn wirklich eine glückliche Beziehung? Bis gerade hatte Maja das zumindest gedacht. Woher kamen nur plötzlich diese komischen Gedanken? Ben ist sehr aktiv und in vielen Dingen sind wir ziemlich unterschiedlich. Aber ich liebe ihn doch. Was macht denn eine gute Beziehung aus? Wir sprechen über alles miteinander. Oder nicht? Wir unternehmen viel gemeinsam. Wir schlafen regelmäßig miteinander. Und wir lieben uns. Maja verstand nicht, warum sie hier saß und überhaupt über so etwas nachdachte. Also versuchte sie auch diesen Gedanken beiseitezuschieben. Sie landete bei ihrem letzten Tanzunterricht mit Lu und deren Vorschlag, im nächsten Jahr eine Tanzshow für den guten Zweck zu organisieren. Will ich das wirklich? Dass mir alle zusehen beim Tanzen? Eigentlich habe ich immer nur für mich selbst getanzt, weil es mir gutgetan hat. Wieder begann Maja zu grübeln. Andererseits könnten wir bedürftigen Menschen damit vielleicht wirklich helfen. Und es würde sicher Spaß machen, sich eine Choreografie einfallen zu lassen und zu tanzen. Warum zögerte sie denn dieses Mal? Normalerweise wäre Maja für so eine Idee sofort Feuer und Flamme gewesen. Lu wäre unglaublich enttäuscht, wenn ich absagen würde. Und ich würde mich am Ende vermutlich in Grund und Boden ärgern, dass ich es nicht einmal versucht habe, gemeinsam mit Lu eine solche Show auf die Beine zu stellen. Ja, ich muss es zumindest versuchen. Uns beiden, den Bedürftigen und dem Tanzen zuliebe. Tanzen war Majas Leidenschaft, es konnte doch nun wirklich nicht sein, dass sie auch schon daran zweifelte. Das würde sie nicht zulassen. Sie dachte an Lu und ihre Freunde und dann wurde ihr wieder bewusst, wie toll sie alle waren. Wie sehr sie sie liebte und brauchte und was sie schon alles zusammen erlebt hatten. Aber brauchen sie mich auch so sehr wie ich sie?, fragte sich Maja. Buddy fuhr mit dem Kopf hoch und jaulte kurz auf, als hätte er ihre Gedanken gelesen und wollte ihr sagen: »Spinnst du jetzt eigentlich? Was hast du plötzlich für ein Problem mit deinen Freunden? Du hast die besten Freunde, die man sich wünschen kann.«

»Ja ja, du hast ja recht, Buddy. Tut mir leid, ich weiß auch nicht, wo all der Mist in meinem Hirn gerade herkommt.« Egal woran Maja im Moment dachte, sie stellte plötzlich alles infrage und drehte sich mit ihren Gedanken immer und immer wieder im Kreis. Das machte ihr ein wenig Angst: Was ist bloß los mit mir? Seit wann stelle ich denn mein ganzes Leben infrage? Ich habe einen tollen Job, tolle Freunde, einen tollen Partner, jetzt auch noch einen tollen Hund und eine tolle Familie. Also wo ist das Problem? Und da Maja gerade an ihre Familie dachte: Die habe ich auch schon seit langer Zeit nicht mehr besucht, kam es ihr in den Sinn. Sie nahm sich fest vor, am nächsten Abend bei ihren Eltern vorbeizuschauen. Jetzt allerdings musste sie aufstehen. Sie würde sonst noch verrückt bei den ganzen kreisenden negativen Gedanken werden.

»Komm, Buddy, lass uns gehen.«

Buddy war nicht gerade begeistert und hüpfte wider Willen von der Parkbank. Majas Stimmung war alles andere als gut, als sie an diesem Tag nach Hause kam.

Am darauffolgenden Tag packte sie Buddy nach der Arbeit ins Auto und fuhr mit ihm zu ihren Eltern.

Auch ihre Eltern hatten ihn noch gar nicht gesehen. Bisher hatte sie ihnen nur am Telefon von ihm erzählt. Es war keine lange Fahrt, da Majas Eltern in einem kleinen

Vorort der Stadt wohnten. Theoretisch hätte sie sogar mit dem Fahrrad dorthin radeln können. Es war aber einfach noch zu gefährlich, Buddy neben dem Fahrrad herlaufen zu lassen.

Kaum war Maja in die Einfahrt zu ihrem Elternhaus eingebogen, kam ihr auch schon ihre Mutter entgegengelaufen. Ihr entging einfach nichts. »Maja, oh wie schön, warum hast du denn nichts gesagt, dass du uns besuchst? Dann hätte ich mehr gekocht.« Maja hatte mit Absicht vorher nicht angerufen, da ihre Mutter immer einen riesigen Aufwand veranstaltete, nur weil sie zum Essen vorbeischaute. So wie sie ihre Mutter kannte, hatte sie sowieso für fünf gekocht, und auch für Buddy würde noch etwas übrig bleiben. Obwohl Majas Mutter eine Kochschürze trug, sah sie wie immer topgepflegt aus. So sah Maja nicht mal aus, wenn sie ins Büro ging. Ihre Mutter hatte ein eindrucksvolles Auftreten, egal wo sie hinging. Als sie Buddy sah, war sie ganz aus dem Häuschen: »Oh wie wundervoll, Maja, der ist unglaublich süß. Na, mein Kleiner, hast du Hunger?«, wandte sie sich an Buddy. Der war sofort begeistert und watschelte hinter ihr her ins Haus. Innen war alles gewohnt blitzeblank und aufgeräumt. In dieser Hinsicht ließ sich Majas Mutter nichts nachsagen. Maja hingegen war es schon immer zu steril gewesen. Da fühlte sie sich in ihrer kleinen gemütlichen Wohnung einfach wohler.

Ihr Vater saß am Esstisch und strahlte Maja an, als er sie sah: »Schön, dass du da bist, meine Kleine.« Er drückte ihr einen flüchtigen Kuss auf die Wange.

»Ich freue mich auch, Papa.«

»Und wer ist das?« Er hatte Buddy entdeckt.

»Das ist Buddy. Ich habe euch von ihm erzählt. Ben hat ihn gefunden. Er wurde ausgesetzt.«

»Das ist ja schrecklich«, antwortete Majas Mutter und war schon mit einem Napf voll Wasser für Buddy zur Stelle. Maja kannte keine Frau, die organisierter und strukturierter war als ihre Mutter. Sie musste wohl sofort einen Wasser- und Futternapf besorgt haben, nachdem Maja ihr am Telefon von Buddy erzählt hatte. »Danke, Mum.«

»Komm, setz dich und erzähl uns von deinem neuen Job.« Ihr Vater schob sie auf einen Stuhl.

»Ja, der ist ganz okay.«

»Nur ganz okay? Ich dachte, du wärst total begeistert gewesen?« Er blickte Maja ein wenig skeptisch an.

»Möchtest du etwas essen, Maja, wir haben noch genug übrig?«, fragte ihre Mutter.

»Gerne.« Das ließ sich Maja nicht zweimal sagen. Als hätte ihre Mutter gewusst, dass Maja sie heute besuchen kommen würde, hatte sie Spinatknödel gemacht. Maja liebte sie und konnte einfach nicht widerstehen.

»Wo ist eigentlich mein kleiner Bruder?«, fragte Maja.

»Der ist mit ein paar Freunden essen gegangen«, war die Antwort ihres Vaters.

»Schade.« Maja hatte gehofft, ihren Bruder zu sehen. Er schaffte es immer, sie irgendwie zum Lachen zu bringen. Das hätte sie heute gut gebrauchen können.

»Aber jetzt erzähl mal, du weichst meinen Fragen aus, Maja. Wie geht es dir? Was macht der Job, wie geht es Ben?« So penetrant kannte sie ihren Vater gar nicht. Normalerweise war er eher ruhig, das genaue Gegenteil ihrer

Mutter. Aber wenn es um Majas Wohlergehen ging, war er hartnäckig.

»Hm, na ja, genau darüber wollte ich mit euch reden.«

Als ihre Mutter diesen zweifelnden Ton in Majas Stimme hörte, war sie sofort aufmerksam. Gerade hatte sie noch in der Küche hantiert, jetzt war sie zu ihnen an den Tisch gekommen.

»Du hast doch nicht etwa mit Ben Schluss gemacht? Oder deinen Job gekündigt?«

»Nein, nein, beruhige dich wieder, Mama.«

»Also was ist los?«, fragte ihr Vater mit sanfter Stimme.

»Es ist nur, ich zweifle so viel in letzter Zeit. Gestern war ich mit Buddy im Park spazieren und ständig kamen mir Zweifel, ob mein Job wirklich das Richtige für mich ist, ob bei Ben und mir alles okay ist, ob ich auf Lus Vorschlag eingehen soll, eine Tanzshow für Bedürftige mit ihr zusammen zu organisieren, ob mich meine Freunde wirklich so akzeptieren, wie ich bin, und ob ich für sie genauso wichtig bin wie sie für mich. Ich frage mich einfach, was mein Plan ist für die Zukunft. Irgendwie habe ich das Gefühl, dass ich gar keinen habe.«

Kaum hatte Maja geendet, ergriff ihre Mutter das Wort: »Maja, was ist denn los mit dir? Du kannst dich doch nicht so gehen lassen!«

»Ma, nun mal langsam, ich habe lediglich ein paar Gedanken von mir aufgezählt.«

»Maja hat recht«, begann ihr Vater. »Ist denn irgendetwas vorgefallen, weshalb du diese Gedanken hast?«

Maja hielt kurz inne und überlegte. Aber ihr fiel nichts ein. »Nein, im Gegenteil. Es sind in letzter Zeit nur positive Dinge passiert. Wir durften Buddy behalten, ich habe mein Studium geschafft und einen tollen Job bekommen.«

Majas Vater blickte sie mitfühlend an. »Dann würde ich gar nicht so viel in diese Gedanken hineininterpretieren, Maja. Es ist wichtig, dass man zwischendurch einmal Bilanz zieht. Alleine schon, um zu sehen, ob der Weg, auf dem man sich gerade befindet, noch der richtige ist oder ob man eventuell einmal irgendwo falsch abgebogen ist.«

»Bist du denn unzufrieden mit deinem Leben, Maja?«, hakte ihre Mutter sofort ein. In Majas Ohren klang es schon fast vorwurfsvoll.

»Nein, eigentlich überhaupt nicht, zumindest dachte ich das bis vor kurzem.«

»Nun, dann scheint doch alles in Ordnung zu sein. Mach dir nicht so viele Gedanken, meine Liebe«, sagte ihre Mutter daraufhin.

Maja wusste, dass sie es nur gut meinte, aber mit den Ratschlägen ihres Vaters konnte sie gerade mehr anfangen. Das schien er auch zu merken, als er Majas skeptischem Blick begegnete.

»Sieh mal, es ist ganz normal, dass man manchmal Zweifel im Leben hat, ob es noch richtig ist, wofür man sich einst entschieden hat. Aber wenn du generell ein gutes Gefühl hast bei dem, was du tust, dann kann es nicht so falsch sein. Hör mehr auf deinen Bauch als auf deinen Kopf.«

Auf eine solche Antwort hatte Maja gehofft. Das machte ihr Mut. Man durfte also auch mal zweifeln und musste nicht immer gleich für alles eine Antwort parat haben.

»Dein Vater hat recht. Zweifel zu haben ist völlig normal. Sie sollten nur nicht überhandnehmen.« Ihre Mutter tat ihr erneut eine Portion Spinatknödel auf den Teller, während sie sprach.

»Ich hatte nur sonst immer ein Ziel vor Augen. Ich habe das Gefühl, dass ich jetzt keines mehr habe und nicht recht weiß, wo die Reise hingehen soll.« Das wollte Maja unbedingt noch loswerden.

»Du musst nicht immer ein Ziel haben. Manchmal reicht es völlig, einfach zu leben. Und du wirst sehen, unbewusst hast du vielleicht schon wieder Ziele. Du hast uns erzählt, dass du mit Buddy in die Hundeschule gehen willst, dass du mit Lu vielleicht eine Tanzshow auf die Beine stellen möchtest«, meinte ihr Vater.

So hatte Maja das noch gar nicht gesehen. »Hm ... vielleicht hast du recht, Dad.«

»Bestimmt, und du weißt, dass du jederzeit vorbeikommen oder uns anrufen kannst, wenn dich das Thema noch weiter beschäftigt oder du einfach darüber reden möchtest. Aber jetzt erzähl uns doch mal, was so los ist bei euch.«

Maja erzählte die Geschichte von Buddy, was Lu konkret geplant hatte und wie es Ben ging.

Als sie an diesem Abend das Haus ihrer Eltern verließ, fühlte sie sich leichter. Die beiden hatten ihr ein gutes Gefühl gegeben. Diese Bestätigung hatte sie gesucht und gebraucht.

Doch obwohl ihre Eltern ihr Mut gemacht hatten, fiel es ihr wieder jeden Tag schwer, aufzustehen. Sie drückte gefühlte hundert Mal die Schlummerfunktion auf ihrem Wecker und schaffte es immer nur ganz knapp pünktlich in die Arbeit. Wenn Lydia etwas nicht leiden konnte, dann waren es Unpünktlichkeit und Unzuverlässigkeit.

Maja schob es auf den Herbst. Fast jeden Tag, wenn sie jetzt das Haus verließ, war es draußen grau und nasskalt. Da mochte sie sogar den Winter noch lieber. Der war zwar oft eiskalt, brachte aber zumindest ab und zu noch etwas Sonnenschein und Schnee. Aktuell allerdings: grau, nass und matschig. Bei diesem Wetter kann man ja nur schlechte Laune haben, dachte Maja, als sie mal wieder fröstelnd auf dem Weg in die Arbeit war. Auch die Besucherzahl der Stadtführungen wurde mit dem Herbst wieder geringer. Das hieß: Maja verbrachte mehr Zeit im Büro und weniger Zeit an der frischen Luft, was auch nicht gerade zu einer besseren Laune beitrug. Mia, die ihr gegenübersaß, bekam Majas schlechte Laune hautnah mit und versuchte sie mit kleinen Gesten aufzuheitern. Mal brachte sie ihr Schokolade mit, mal machte sie extra kreative Vorschläge, wo sie denn heute Mittag essen gehen könnten. Maja wusste das wirklich zu schätzen, allerdings konnte sie Mia das nicht zeigen. Das tat ihr leid, denn ihre Kollegin bemühte sich wirklich sehr.

In dieser Woche dachte Maja viel über Lus Vorschlag nach. Im Grunde war sie von dieser Idee begeistert. Nur konnte sie das gerade nicht zum Ausdruck bringen. Die Zweifel, dass etwas schiefgehen könnte, überwogen. Trotzdem hatte sie Lu versprochen, darüber nachzudenken und sich zu melden. Also rief sie sie in dieser Woche an und die beiden gingen – wie konnte es auch anders sein – ins Oldtown.

Innen war das Café durchaus gemütlich. Es war klein.

An der linken Wand war, vermutlich noch aus alten Zeiten, eine Art Ziegelsteinmauer übriggeblieben. Direkt unterhalb standen ein paar Couchen mit niedrigen Tischen davor. Hier konnte man sich gemütlich setzen, wenn man nicht vorhatte, groß etwas zu essen. Rechts war eine kleine Theke mit frischen Backwaren. In der Mitte des kleinen Raums waren noch weitere Tische aufgestellt, mit tollen alten Stühlen davor. Die einen hatten ein Webmuster hinten in der Stuhllehne, die nächsten einen besonderen Bezug und die übernächsten eine schöne Gravur.

Auf einem dieser Plätze ließen sich Maja und Lu heute Abend nieder, da sie auch eine Kleinigkeit essen wollten. Wie immer war das Café schon ziemlich voll und sie bekamen gerade so noch einen Platz.

»Uuuuuuund?«, fing Lu sofort an. »Hast du darüber nachgedacht?«

»Ja, habe ich dir doch versprochen.«

»Und? Was hältst du davon?« Lu strahlte nach wie vor, da sie so überzeugt von ihrer Idee war. Es war wirklich fast schon schwer, sich nicht von dieser Energie mitreißen zu lassen.

»Ich habe da so meine Bedenken.«

»Was? Welche Bedenken denn?« Lu war die Enttäuschung ins Gesicht geschrieben.

»Na ja, was ist, wenn es nicht funktioniert? Wo bekommen wir die ganze Technik her? Wer kümmert sich darum? Für so eine Show werden wir ein paar mehr Tänzer als uns beide benötigen oder nicht? Von wo sollen wir die herbeizaubern? Wer trainiert uns? Wer hat so viel Zeit fürs Training neben der Arbeit? Werden sich die Leute so was überhaupt anschauen wollen? Werden wir genügend Geld einnehmen, um am Ende auch noch etwas spenden zu können, oder werden wir auf unseren Kosten sitzenbleiben?«

Lu wirkte entsetzt: »Maja, was ist denn los mit dir? Hallo? Wer bist du und was hast du mit meiner besten Freundin gemacht? Wann bist du denn so eine Zweiflerin geworden?« Das hatte gesessen. »Ich ...«, fing Maja an, doch die Wahrheit war, sie konnte es Lu nicht erklären. Sie ärgerte sich ja selbst so sehr über sich. »Ich meine ja nur, man muss vorher auch die Risiken betrachten, die damit verbunden sind. Und ob das Ganze überhaupt machbar ist. Wo willst du denn zum Beispiel die ganzen Tänzer auftreiben?«

»Aber genau das ist es doch, worüber ich mir gerne mit dir Gedanken machen möchte. Nur weil ich einen Plan habe, heißt das nicht, dass wir diesen von heute auf morgen so mir nichts, dir nichts auf die Beine stellen werden. Natürlich müssen wir uns das gut überlegen und planen. Aber das haben wir doch bisher immer noch alles auf die Reihe bekommen, wenn wir erst mal eine gute Idee gehabt haben. Klar, wir müssen mit Mel sprechen, wir müssen sehen, ob genügend Tänzer und Schüler bereit wären, bei so einer Show mitzumachen. Mel hat gute Kontakte. Auch zu Bühnen-, Licht- und Tontechnikern. Maja, was haben wir zu verlieren?« In diesem Moment brachte ein Kellner ihr Essen und Maja hatte Zeit, kurz darüber nachzudenken. Als sie den Kellner sah, musste sie an Tim denken. Wo war er heute? Na ja, wird wohl auch mal frei haben. Und so schweiften ihre Gedanken sofort wieder zur Tanzshow. »Eigentlich hast du recht, Lu. Wir sollten erst mal unsere Idee weiter ausreifen lassen und sehen, was machbar ist. Vielleicht könnten wir gleich morgen bei unserer Tanzstunde Mel mit ins Boot holen und sie fragen, was sie davon hält und ob sie noch ein paar Ideen hat.«

»Jetzt habe ich meine beste Freundin wieder«, grinste Lu und biss herzhaft in ihren Burger. Wie Lu ihre Figur immer so halten konnte, war Maja ein Rätsel. Sie aß wie ein Scheunendrescher und nahm kein Gramm zu. Maja brauchte Essen nur anzusehen, dann hatte sie schon zwei Pfund mehr auf den Rippen. Weshalb sie auch heute einen Salat bestellt hatte.

»Also ...«, begann Lu. »Ich habe mir gedacht, wir könnten zunächst mit einem klassischen Ballettstück beginnen und dann ...« So sprach Lu noch den ganzen Abend von ihren Ideen und Maja konnte nicht anders, als sich mitreißen zu lassen.

Von Majas anfänglicher Begeisterung war an den darauffolgenden Tagen nicht mehr viel übrig. Die kommenden Wochen waren nass und kalt. Kein goldener, sondern wohl eher ein grauer Oktober zog an Maja vorbei. Während Lu die ganze Zeit Pläne für die Show schmiedete, völlig begeistert und überzeugt von dem, was sie da tat, fühlte sich Maja seltsam abwesend. Besser gesagt: Sie fühlte nichts. Keine Begeisterung, keine Wut, keine Traurigkeit. Das Leben zog einfach an ihr vorbei, als wäre sie nur eine Nebendarstellerin, obwohl sie doch in ihrem eigenen Leben die Hauptrolle spielen sollte.

Die Abende verbrachte sie zunehmend allein, da Ben

lieber etwas unternehmen wollte, als mit ihr zu Hause auf der Couch zu sitzen. Zumindest Buddy leistete ihr Gesellschaft. Der war inzwischen auch nicht mehr so klein. Im Gegenteil, wenn Buddy eine Pfote in Majas Handfläche legte, war von ihrer Hand nicht mehr viel zu sehen. Oft schlief sie zusammen mit Buddy auf der Couch ein, und erst als Ben nach Hause kam und sie weckte, ging sie mit ihm ins Bett.

An einem Abend im November saß Maja gerade am Frühstückstisch, als Ben mit Buddy vom Joggen zurückkam. »Gestern Nacht ist ein schlimmer Anschlag in der Türkei passiert«, erzählte Ben unter noch schnellen Atemzügen. »Mach doch bitte mal das Radio an, damit wir hören können, was geschehen ist.« Maja war nicht wohl dabei, aber sie widersprach nicht und drückte den Knopf an dem kleinen Radio auf dem Küchentisch. Während der Radiosprecher die Nachrichten um sieben Uhr ankündigte, hatte Ben sich ein altes Handtuch geschnappt und trocknete Buddy damit gründlich ab. Draußen muss es wohl schon wieder regnen, war Majas Gedanke, als sie Ben und Buddy beobachtete. Im Radio war es bereits die erste Meldung: »Gestern Abend sind bei einem Anschlag in Istanbul ersten Schätzungen zufolge über einhundertfünfzig Menschen verletzt worden und mehr als siebzig ums Leben gekommen. Darunter auch Deutsche. Zwei mutmaßliche Terroristen haben sich Zutritt zu einem Konzert verschafft und dann ohne jede Vorwarnung das Feuer eröffnet. Augenzeugen berichten, dass nicht nur geschossen wurde, sondern im hinteren Bereich des Saals wohl auch ein Sprengsatz gezündet worden war.«

»Mach das aus!«, rief Maja plötzlich. Ben, der immer noch damit beschäftigt war, Buddys Fell trockenzureiben, wusste überhaupt nicht, was los war, und drehte sich blitzschnell zu Maja um.

»Wer für den Anschlag verantwortlich ist, kann man noch nicht mit hundertprozentiger Wahrscheinlichkeit sagen, allerdings gehen die Behörden davon aus ...«

»Schalt das endlich ab!«, rief Maja noch einmal. Sie war inzwischen kreidebleich geworden. Ben sah sie an, ließ das nasse Handtuch in seiner Hand fallen und machte einen Satz zum Tisch, um das Radio auszuschalten. »Was ist denn passiert?«

»Was passiert ist?«, entgegnete Maja im Flüsterton. »So viele Menschen sind ums Leben gekommen und es gibt so viele Verletzte.« Maja sagte dies, als würde ihre Stimme gleich brechen. Buddy schien zu spüren, dass sie sich nicht wohl fühlte, denn er stand auf, ging zu ihr an den Tisch und legte seinen Kopf auf ihren Oberschenkel. Jetzt liefen Maja die Tränen übers Gesicht. Ben, der die Situation gerade überhaupt nicht begriff, sagte: »Ja, Maja, das ist schlimm, keine Frage, aber warum weinst du denn jetzt? Sind Freunde oder Bekannte von dir in Istanbul?«

»N...nein, nicht dass ich wüsste«, schluchzte Maja. Ben war völlig überfordert mit der Situation. Da er nicht wusste, was er sonst machen sollte, ging er zu ihr um den Tisch, nahm sie in den Arm und versuchte sie zu beruhigen.

»Sch, sch..., es ist alles in Ordnung, es ist nichts passiert.« Ben hielt sie einfach nur fest und wiegte sie vorsichtig hin und her. Maja spürte, wie sie sich langsam entkrampfte und immer ruhiger wurde. Bens warmer Körper, seine Nähe, sie wirkten beruhigend auf Maja. Auch Buddy hatte sich neben die beiden gekuschelt. So saßen sie einfach nur eine halbe Stunde da, bis Ben vorsichtig das Wort ergriff: »Möchtest du eine Tasse Tee?« Maja nickte. Ben stand auf und machte Wasser heiß. Niemand sprach ein Wort. Buddy wich nicht von Majas Seite. Ben reichte ihr den Tee, zusammen mit einem Taschentuch. Maja wischte sich die Tränen vom Gesicht und nippte vorsichtig an dem Tee, der noch viel zu heiß war. Wieder vergingen ein paar Minuten, in denen niemand sprach. Dann hielt es Ben nicht mehr aus.

»Bitte erkläre mir doch, was los ist mit dir.«

»Ich, ich ... ich weiß es nicht, Ben.«

»Aber irgendetwas stimmt doch nicht, oder? Warum würdest du sonst bei normalen Nachrichten aus dem Radio so reagieren? Natürlich ist es schlimm, was dort in der Türkei passiert ist, aber niemand unserer Bekannten oder Freunde oder Familie ist dort unten. Sie sind alle in Sicherheit. Und du weinst, als wäre gerade jemand von ihnen gestorben. Ich versuche doch nur, dich zu verstehen, und will dir helfen.«

»Da...das weiß ich. Aber, aber ich kann es dir einfach nicht erklären. Es macht mich so unglaublich traurig, was in der Welt da draußen passiert. Unschuldige Menschen müssen sterben, Tag für Tag. Entweder durch Krieg oder Hunger oder, oder. Uns geht es so gut hier. Wir leben im Überfluss. Das ist einfach nicht fair.«

»Maja, natürlich ist das nicht fair. Aber das ist nun mal unsere Welt da draußen und du kannst nicht die ganze

Welt retten. Was dort jeden Tag passiert, und sei es noch so ungerecht, ist die Realität.«

»Wenn das die Realität sein soll, dann möchte ich nicht in dieser leben«, entgegnete sie.

»Du hörst dich gerade an wie ein kleines Kind!« Bei diesen Worten schossen Maja sofort wieder die Tränen in die Augen.

»Es geht mir einfach nahe, okay?«

»Mir geht das hier auch langsam alles nahe, Maja. Du ziehst dich immer mehr zurück, du reagierst auf einmal komisch in Situationen, die eigentlich alltäglich sind. Ich verstehe einfach nicht, was los ist.«

»Nichts ist los.«

»Das glaube ich dir nicht. Sogar unsere Freunde fragen schon nach dir und warum du zurzeit so selten dabei bist.«

»Ich benötige im Moment eben mehr Zeit für mich. Was ist so schlimm daran?«

»Wenn du mehr Zeit für dich benötigst, dann lass uns doch für ein paar Tage wegfahren. Vielleicht tut dir das gut. Wir könnten ein Wellnesswochenende machen. Du spannst dich mal so richtig aus und ich kann, je nachdem, wo wir hinfahren, viel Sport draußen machen. Was hältst du davon?«

Von Majas Miene war alles andere als Begeisterung abzulesen. »Ich weiß nicht. Denkst du wirklich, das ist eine gute Idee? Was machen wir dann mit Buddy?« Zum ersten Mal nahm Buddy den Kopf von Majas Schoß und blickte Ben aufmerksam an. »Den könnten wir doch Lu geben. Sie hatte sowieso angeboten, sich um ihn zu kümmern, wenn wir sie mal brauchen sollten.« Buddy ließ den Kopf wieder fallen.

»Das halte ich für keine gute Idee. Ich möchte Buddy nicht alleine lassen. Er ist doch noch gar nicht so lange bei uns und hat sich gerade so gut eingewöhnt. Es wäre mir nicht wohl dabei.«

»Maja, irgendwann müssen wir ihn mal alleine lassen, sonst können wir gar nicht mehr wegfahren oder -fliegen. Oder wir müssen ihn überallhin mitnehmen.«

»Ja, das ist ja auch okay, aber im Moment möchte ich ihm das einfach noch nicht zumuten.«

Ben wurde langsam ungeduldig. »Maja, das ist doch nur eine blöde Ausrede. Sag doch einfach, wenn du nicht mit mir wegfahren möchtest. Ich weiß nicht, was ich noch machen soll, damit du dich mir gegenüber wieder ein bisschen mehr öffnest und deine Laune sich mal wieder ein wenig hebt. Alles, was ich vorschlage, machst du mit irgendwelchen Argumenten zunichte. Und manchmal sind die wirklich aus der Luft gegriffen.«

Maja zog die Beine an. Am liebsten hätte sie sich verkrochen. »Das stimmt doch nicht. Ich bin einfach nicht so aktiv wie du.« Kaum hatte sie den Satz ausgesprochen, wurde ihr selbst bewusst, dass dies nur eine schlechte Ausrede war.

»Das ist Blödsinn«, war auch Bens Reaktion. »Natürlich muss man Kompromisse machen, aber du verkriechst dich in letzter Zeit fast nur noch. Du gehst zur Arbeit und am Abend sitzt du mit Buddy zu Hause.«

»Aber es geht mir gut dabei«, gab Maja leise von sich.

»Nein, tut es nicht! Du hast schlechte Laune, schon seit

Wochen. Manchmal kannst du das besser verstecken, manchmal weniger gut. Sag mir doch, wie ich dir helfen kann, damit das wieder besser wird.«

»Es ist doch alles in Ordnung.«

»Ja, das sieht man auch an deiner Reaktion von gerade eben. Maja, ich weiß langsam nicht mehr, was ich noch machen soll. Mir wird das zu viel.« Ben zog seine Jacke an.

»Was machst du? Wo willst du hin?«

»Ich muss mal raus hier, an die frische Luft.«

Und weg war er. Maja blieb allein mit Buddy zurück. Sie saß noch eine Zeit lang so da und dachte darüber nach, was gerade passiert war. Der Tee in ihrer Tasse war inzwischen kalt. Sie konnte sich selbst nicht erklären, was mit ihr war. Wie sollte sie es also Ben erklären? Maja ging ins Bett und weinte sich in den Schlaf.

Kapitel 7 – Schöne Bescherung

Der nächste Morgen begann für Maja erneut mit einem Kampf. Nur dass sie das Gefühl hatte, dass sie immer mehr zur Verliererin in diesem Kampf wurde. Sie konnte nicht aufstehen. Als sie sich umdrehte und Ben »Guten Morgen« sagen wollte, fand sie eine leere Bettseite neben sich. Da erinnerte sie sich plötzlich daran, was gestern passiert war. Es schnürte ihr die Luft ab. Sie lag da und Panik stieg in ihr hoch. Es fühlte sich an, als würden unsichtbare Fesseln das Bett hochklettern und sich um ihre Brust schnüren, und mit jeder Minute zogen sich die Fesseln enger. Mit jeder Minute, die sie an gestern dachte, ging es ihr schlechter. Maja versuchte ihre Gedanken in eine andere Richtung zu lenken. Sie sah auf die Uhr, es war gerade mal kurz vor sechs. War Ben noch gar nicht zu Hause oder schon in der Arbeit oder beim Joggen? Was war für ein Wochentag? Es war Montag, Maja musste um acht Uhr in der Arbeit sein. Wie sollte sie das schaffen? Wie sollte sie aufstehen? Sie wand sich hin und her. Sie wollte nicht wahrhaben, dass sie gestern mit Ben so gestritten hatte.

Sie schlug die Hände vor dem Gesicht zusammen. Was war nur mit ihr?

Plötzlich hörte sie etwas. Buddy kam ins Schlafzimmer getapst. Er legte ihr die Leine aufs Bett.

Dann war also Ben heute noch nicht mit ihm draußen, schoss es Maja in den Kopf. Wo war er dann? Buddy stupste die Leine noch ein wenig weiter in Majas Richtung. »Buddy, ich möchte nicht mit dir rausgehen, bitte lass mich in Ruhe.« Doch Buddy ließ nicht locker. Zunächst jaulte er, dann bellte er Maja förmlich an. Das zwang sie, aus dem Bett zu steigen. »Ist ja gut, ist ja gut.« Maja zog sich schnell eine Jeans und einen Pulli an, warf sich eine Jacke über und ging mit Buddy nach draußen. Sie setzte einen Fuß vor den anderen und Buddy lief zufrieden neben ihr her und beschnupperte die ganze Gegend. Je mehr Schritte Maja machte, umso besser schien sie sich zu fühlen. Nicht gut, aber besser. Die frische Luft, und frisch war sie wirklich, es konnte wohl kaum mehr als drei Grad haben, tat ihr gut.

Als sie wieder zu Hause ankamen, war es erst halb sieben. Ben war nach wie vor nicht zu Hause, und er hatte auch keine Nachricht hinterlassen. Was sollte sie mit der restlichen Zeit anfangen? Sie machte sich eine Tasse Kaffee und setzte sich an den Küchentisch. Dort begann sie wieder damit, über den gestrigen Abend zu grübeln. Je mehr sie darüber nachdachte, umso schlechter ging es ihr. Das musste ein Ende haben. »STOPP«, sagte sie laut zu sich selbst. »Damit ist jetzt Schluss. Das kann so nicht weitergehen.« Buddy lauschte mit gespitzten Ohren. Maja holte ihren Laptop und fing an zu googeln. Sie tippte: »unerklärlich schlechte Laune«. Die Ergebnisse, die die Suchmaschine ausspuckte, machten Maja neugierig und ängstlich zugleich: Immer wieder war von dem Wort »Depression« die Rede. Davon hatte sie schon gehört, aber soweit sie wusste, musste man bei Depressionen ärztlich behandelt werden und starke Depressionen führten sogar bis hin zu Selbstmordversuchen. Nein, das konnte nicht sein. So weit war es bei Maja noch lange nicht und so weit würde sie es auch nicht kommen lassen. Maja überflog die Ergebnisse der Suche nur. Irgendetwas in ihr hielt sie davon ab, einen Artikel anzuklicken und weiterzulesen. Frustriert klappte sie den Laptop wieder zu. »Ach, Buddy«, sie kraulte ihn hinter den Ohren, »das hat mich keinen Schritt weitergebracht. Im Gegenteil. Was glaubst du denn, was mit mir los ist?« Buddy sah sie nur mit großen Augen an. »Kannst es mir auch nicht sagen, was?« Majas Stimmung war schlechter als zuvor. Warum konnte ihr denn niemand sagen, was ihr Problem war? Sie sah erneut auf die Uhr. Hoppla, schon halb acht. Schnell sprang sie auf. Ihr war nicht bewusst gewesen, dass sie eine ganze Stunde im Internet verbracht hatte, obwohl sie die Suchergebnisse doch nur überflogen hatte. Es kam ihr viel kürzer vor. Schnell zog sie sich für die Arbeit um, putzte ihre Zähne und kämmte sich durch die Haare. Make-up trug sie sowieso nur ganz selten und meist nur zu besonderen Anlässen. Dann nahm sie Buddy an die Leine und machte sich zu Fuß auf den Weg ins Büro. Sie hatte inzwischen mit Lydia gesprochen, und sie durfte Buddy mit ins Büro bringen. Mittags ging sie dann immer mit ihm nach draußen. Ansonsten saß er zufrieden zu ihren Füßen und verhielt sich ganz ruhig. Bei Stadtführungen nahm sie ihn einfach mit.

An diesem Tag ging Maja der Begriff »Depression« nicht mehr aus dem Kopf. Außerdem wollte sie am Abend unbedingt mit Ben sprechen. Was die beiden dann auch taten. Ben hatte bereits gekocht und er war ganz normal zu Maja, als wäre nichts passiert.

»Ben, hör zu, es tut mir leid, was gestern Abend passiert ist. Ich verstehe selber nicht, was mit mir zurzeit los ist. Aber ich verspreche dir, ich werde versuchen, meine Stimmungsschwankungen in den Griff zu bekommen.«

»Schon gut, ist vergessen. Ich würde mir nur wünschen, dass du bald wieder besser drauf bist.«

Von Bens Vorhaben, welches er heute mit Bens und Majas gemeinsamen Freunden besprochen hatte, bekam Maja allerdings nichts mit. Er wollte sich die Überraschung für Weihnachten aufheben. Und so plauderten die beiden angeregt beim Essen, als wäre alles in Ordnung.

Bis zum Heiligen Abend waren es nur noch ein bisschen über vier Wochen. Bei Maja allerdings kam nicht der Hauch von Weihnachtsstimmung auf. Alle blickten mit Vorfreude auf das Fest, trafen Vorbereitungen, kauften Geschenke. Maja hingegen hatte kaum eine Idee für ein Weihnachtsgeschenk für ihre Freunde oder Familie. Normalerweise war sie sehr kreativ, aber in diesem Jahr fiel es ihr enorm schwer, passende Geschenke zu finden. Obwohl sie sich wirklich bemühte, war ihre Laune nicht merklich gestiegen. Nach außen wusste sie das allerdings inzwischen gut zu verstecken.

Die Wochen bis Weihnachten kamen ihr unglaublich eintönig vor. Aufstehen, zur Arbeit gehen, am Abend noch Geschenke besorgen, einkaufen oder sich mit Freunden treffen, zu Bett gehen.

So schleppte sie sich auf jede Weihnachtsfeier und spielte den anderen gute Laune vor. Auch am Samstag vor Weihnachten, als sich Ben und sie mit ihren Freunden im

Oldtown zum Weihnachtsbrunch trafen. Alle tauschten Geschenke aus und erzählten, wie sie Weihnachten verbringen würden. Lu strahlte förmlich und redete schon wieder auf Maja wegen der Tanzshow ein: »Nur noch ein halbes Jahr, Maja, ich habe so viele neue Ideen. Treffen wir uns nach Neujahr, um gleich darüber zu sprechen und es auszuprobieren, ja?« Maja versuchte ihre Euphorie nicht zu schmälern und lächelte sie an: »Klaro, das machen wir, ich bin schon total gespannt.« Das Lächeln allerdings, es erreichte Majas Augen nicht. Doch das schien niemand zu bemerken.

Später an diesem Tag fragte sie sich erneut, was bloß nicht stimmte mit ihr. Sie konnte es sich nicht mehr erklären. Obwohl sie den ganzen Vormittag mit Menschen verbracht hatte, die sie liebte, und obwohl sie den ganzen Vormittag abgelenkt war – ihre Stimmung war keinen Millimeter besser geworden. Im Gegenteil. Sie sah, wie sich die anderen alle auf Weihnachten freuten, wie glücklich sie waren, so voller Vorfreude. Sie hatten auch alle ihr Päckchen zu tragen und trotzdem meisterten sie ihr Leben, als wäre alles ganz leicht. Und wenn sie mal traurig waren, dann hielt das ein paar Tage oder vielleicht mal ein, zwei Wochen an und danach waren sie wieder ganz die Alten.

Maja hingegen hatte das Gefühl, bei ihr hielt dieser Gemütszustand jetzt schon mehrere Monate an und wurde eher schlechter. Sie versuchte sich wieder vor Augen zu führen, wie gut sie es hatte. Sie würde morgen Abend Weihnachten mit ihrer Familie und Ben verbringen, hatte einen tollen Job, tolle Freunde, einen tollen Hund und eigentlich ein tolles Leben. Aber es half nichts. Sie kam nicht gegen ihre düsteren Gedanken an.

Und obwohl die Tage bis Heiligabend sich für Maja unendlich lang angefühlt hatten, stand es nun vor der Türe, das Weihnachtsfest. Ben, Buddy und Maja verbrachten es dieses Jahr zu Hause bei Majas Eltern, da Bens Eltern verreist waren. Wie sie es nicht anders von ihrer Mutter erwartet hatte, war alles perfekt. Als Ben, Buddy und Maja das Haus betraten, schlug ihnen bereits der Geruch des Weihnachtsbratens entgegen. Die Tischdekoration war sorgfältig auf die Dekoration im ganzen Haus abgestimmt. Der Weihnachtsbaum funkelte im Wohnzimmer und Geschenke waren darunter verteilt worden. Im Hintergrund lief leise Weihnachtsmusik. Niemand hätte eine angenehmere Atmosphäre zaubern können. Maja nahm sich fest vor, den Abend einfach zu genießen. »Schön, dass ihr da seid, meine Lieben«, empfing ihre Mutter die beiden.

»Vielen Dank für die Einladung«, entgegnete Ben höflich.

Gut erzogen ist er wirklich, dachte sich Maja. An der Treppe kam ihnen Majas Bruder entgegen.

»Hey, Schwester, altes Haus, sieht man dich auch mal wieder?« Maja musste automatisch grinsen. Und das sollte schon was heißen.

»Los, rein mit dir und hilf deinem Vater«, befahl Majas Mutter. Ihr Bruder zwinkerte Maja zu und verschwand im Haus. Die anderen folgten ihm. Drinnen schaute Majas Vater gerade nach der Weihnachtsgans. Als er Ben und Maja bemerkte, begrüßte er Maja mit einem Kuss auf die

Backe und Ben mit einem Handschlag. »Schön, euch zu sehen.«

»Finden wir auch, Papa. Das duftet herrlich.«

»Das hast du deiner Mutter zu verdanken. Sie steht schon den ganzen Tag in der Küche.«

»Nun wollen wir aber mal nicht übertreiben. Setzt euch, Kinder.«

Maja stellte noch kurz die von ihnen mitgebrachten Geschenke unter den Weihnachtsbaum und setzte sich dann zu den anderen an den Tisch. Ihre Mutter hatte wahrlich ein Festmahl gezaubert, und als sie auch mit der Nachspeise fertig waren, hatte Maja das Gefühl, sie wäre eine Christbaumkugel.

»Los, ich will jetzt meine Geschenke«, drängte ihr Bruder. Obwohl er nur zwei Jahre jünger war als Maja, also sechsundzwanzig, kam das Kind in ihm manchmal noch ganz schön zum Vorschein.

»Paul, nicht so eilig, hilf mir zuerst, den Tisch abzuräumen.« Sofort erhob sich auch Ben und die beiden Jungs halfen Majas Mutter mit dem Geschirr. Währenddessen war Maja kurz mit ihrem Vater alleine: »Alles in Ordnung mit dir, Maja? Du bist so ruhig.« Maja erschrak. Hatte ihr Vater etwas bemerkt? Sie setzte ihr bestes Grinsen auf, das sie im Moment zu bieten hatte: »Klar, Daddy, alles bestens.« Er runzelte kurz die Stirn: »Na, wenn du meinst.«

Um die Situation zu entschärfen, ging Maja schon mal voraus ins Wohnzimmer und bewunderte den tollen Baum. Dann folgten die anderen und es war Bescherung. Jeder schien sich über seine Geschenke zu freuen. Bis Maja das Geschenk von Ben öffnete. Alle beobachteten sie mit gespannter Miene. Vorsichtig öffnete sie den Umschlag, der sich unter dem Papier befand. Darauf stand: »Gutschein für ein gemeinsames Wochenende in den Bergen.« Maja wurde kalt und heiß zugleich. Vor kurzer Zeit hatte sie Ben doch deutlich gesagt, dass sie wegen Buddy im Augenblick nicht wegfahren möchte. Um den Abend nicht zu verderben und weil sie nicht wusste, wie sie sich verhalten sollte, sagte sie: »Oh wow, Ben, das ist ja wunderbar. Da freue ich mich schon.«

»Ja, und das Beste ist, dass unsere Freunde auch mitkommen werden.«

Das auch noch, dachte sich Maja. Dann musste sie erst recht »funktionieren«.

»Für Buddy ist auch gesorgt. Deine Eltern haben sich bereit erklärt, sich in dieser Zeit um ihn zu kümmern.« Alle grinsten Maja an. »Das ist ja toll!«, entgegnete sie. Doch in ihr drin sah es ganz anders aus. Am liebsten hätte sie geschrien.

An einem Wochenende beziehungsweise an einem Donnerstag im Januar war es dann so weit. Finn, Lu, Clarissa, Ben und Maja machten sich auf den Weg zu einem Ski- und Wellnesswochenende in den Bergen. Ben hatte sich von seinem Vater extra ein etwas größeres Auto geliehen, damit sie problemlos alle samt Gepäck und Skiern Platz hatten. Bevor es losging, brachten sie Buddy noch zu Majas Eltern. »Mach's gut, mein Süßer, sei schön brav, ja?«, verabschiedete Maja ihn und drückte ihn noch mal fest an sich. »Maja, jetzt komm schon, wir sind spät dran«, rief Ben aus dem Auto. Auch die anderen saßen bereits im Wagen.

Maja konnte sich jedoch nicht von Buddy losreißen. »Ich bin bald wieder da, Buddy!« Doch dieser machte es ihr ziemlich schwer. Er jaulte und winselte. Maja konnte es nicht aufhalten. Ihr liefen die Tränen über die Wangen. Bevor ihr Vater diese bemerkte, wischte sie sie schnell mit dem Ärmel weg. »Los jetzt, die anderen warten. Wir passen gut auf ihn auf, versprochen«, sagte ihr Vater und schweren Herzens drückte sie ihm die Leine in die Hand.

»Und ihr ruft sofort an, wenn etwas ist, okay?«

»Machen wir. Was soll denn sein?« Er drückte ihr zum Abschied einen Kuss auf die Wange und Maja ging zum Auto, aber nicht, ohne sich noch dreimal umgedreht zu haben.

»Hast du geweint?«, fragte Lu, als Maja zu den Mädchen hinten einstieg. Finn saß vorne bei Ben. »Was? Nein, Quatsch«, erwiderte Maja. Mit skeptischem Blick sagte Lu: »Es sind doch nur ein paar Tage, Maja. Das ist doch kein Problem für Buddy, bei deinen Eltern ist er in besten Händen.«

Für Buddy mag es kein Problem sein, dachte Maja, aber für mich ist es ein großes Problem. Das sagte sie allerdings nicht laut und antwortete nur: »Ja bestimmt.«

Die dreistündige Fahrt lang brachte sich Maja hin und wieder ins Gespräch ein, damit nicht auffiel, wie ihr eigentlich zumute war. Ansonsten starrte sie aus dem Fenster und wollte nur wieder zurück.

Das Hotel war ein Traum. In eine wunderschöne Winterlandschaft eingebettet, lag es direkt neben der Gondel, die in das Skigebiet führte. In der Lobby wurden sie bereits mit einem Glas Sekt empfangen. Maja nippte nur und ließ den Rest stehen, während die anderen auf einen schönen Urlaub anstießen und die Gläser leerten. Dann war es an der Zeit, die Zimmer zu beziehen, und alle verabredeten sich für den Nachmittag unten im Wellnessbereich. Maja teilte sich natürlich ein Zimmer mit Ben. Und dieses Zimmer konnte sich sehen lassen. Während man noch in der Tür stand, bot sich einem ein atemberaubender Blick auf die Berglandschaft, da die gegenüberliegende Seite komplett verglast war. Zu ihrer Linken befand sich ein sehr gemütlich aussehendes Doppelbett vor einer Holzwand. Rechts führte eine Türe ins Bad und auch dieses war modern und geräumig. Als kleiner »Gruß des Hauses« war auf dem Bett jeweils eine Praline auf den Kopfkissen platziert. Auch die Beleuchtung des Raumes hatte etwas Besonderes. Maja konnte nicht sagen, was es war, aber alles erschien hell und freundlich. Hier musste man sich doch einfach wohlfühlen, oder nicht?

»Gefällt es dir?«, fragte Ben.

»Na und ob! Aber was hast du denn dafür bezahlt? Das muss ein Vermögen gekostet haben, dieses Wochenende!« Maja hatte ein schlechtes Gewissen, dass Ben so viel Geld für ihr Weihnachtsgeschenk ausgegeben hatte.

»Das lass mal meine Sorge sein. Wir sind hier, um uns zu amüsieren und damit du mal ein bisschen abschalten kannst.« Maja entgegnete besser nichts. Sie wollte nicht schon zu Beginn des Urlaubs einen Streit riskieren. Stattdessen öffnete sie die Türe zum Balkon und trat hinaus. Sie atmete die frische Luft tief ein. Ben schlang die Arme von hinten um sie und sie flüsterte: »Vielen Dank, Ben«, und gab ihm einen Kuss.

Später trafen sie sich mit den anderen zur verabredeten Zeit im Wellnessbereich. Auch dieser passte zum Rest des Hotels: Modern, schlicht und mit allem ausgestattet, was man sich nur wünschen konnte: Außenpool, Innenpool, Whirlpool, unterschiedlichen Saunen und Dampfbädern, einem Ruheraum, einem Bereich für Massagen und unterschiedliche Anwendungen. Kurz gesagt: Alles, was man brauchte, um einen schönen Urlaub zu verbringen. Die fünf Freunde schnappten sich Liegen am Innenpool. Lu und Larissa hatten schon ihre Ohrstöpsel herausgeholt, um Musik zu hören und zu entspannen. Die beiden Jungs gingen ins Wasser. Und Maja? Sie saß da und wusste nicht recht, was sie mit sich anfangen sollte. Je länger sie dort saß und die anderen beobachtete, wie sie relaxten, umso unruhiger wurde sie. Sie kam sich mal wieder wie die Außenseiterin vor. Die Gedanken in ihrem Kopf begannen sich zu drehen. Sie musste an Buddy denken und ob es ihm wohl gut ging zu Hause. Sie dachte an die bevorstehende Tanzshow im Juli und dass sie noch kaum etwas dafür organisiert oder geübt hatte. Sie sah sich die Körper von Larissa und Lu an und fand, die beiden sahen perfekt aus, wie sie da mit ihren Bikinis lagen. Schlank und gut aussehend. Maja jedoch fand, dass sie ein paar Pfund zu viel auf den Rippen hatte, ihre Brüste dafür zu klein und ihre Hüften zu breit waren. So ging das eine Zeit lang. Maja kam von einem negativen Gedanken auf den anderen. Bis ihr einfiel, dass sie ein Buch mitgebracht hatte. Sofort holte sie es aus der Tasche und begann zu lesen. Sie wollte heraus aus ihrem Kopf in eine andere Realität. Sie sehnte sich nach einer anderen Welt.

Denn die Wirklichkeit machte sie im Moment beinahe verrückt.

Selbst das Lesen verschaffte Maja keine wirkliche Ablenkung. Sie konnte sich nicht richtig konzentrieren und schweifte immer wieder ab. Nervös rutschte sie auf ihrer Liege hin und her. Gut, dass niemand etwas zu bemerken schien.

Lu riss sie aus ihren Grübeleien: »Maja, wollen wir in die Sauna?« Sie zögerte. Erstens war es ihr immer viel zu heiß in der Sauna, sie hielt es dort in der Regel keine fünf Minuten aus, und zweitens zeigte sie sich ungern nackt vor anderen Menschen, da sie mit ihrem Körper nicht so zufrieden war. »Vielleicht lieber ins Dampfbad?«, antwortete sie. Dort durfte man den Bikini anbehalten.

»Auch gut.«

Als Maja ihren Bademantel abnahm, erschrak Lu. »Maja, hast du abgenommen? Du bist extrem dünn.« Maja wusste nicht, was sie antworten sollte, da ihr wirklich nicht aufgefallen war, dass sie abgenommen hätte.

»Ähm, ich glaube nicht.«

»Ich glaube schon! Du musst mehr essen, das ist wirklich schon zu dünn.« Eigentlich war es Maja egal beziehungsweise war es ihr ganz recht, dass sie ein paar Pfund weniger auf den Rippen hatte. Deshalb ging sie voraus ins Dampfbad, ohne näher auf das Thema einzugehen. Die beiden hatten das Bad für sich alleine. Generell war nicht viel los im Wellnessbereich, was wohl daran liegen musste, dass die meisten Hotelgäste sich auf der Skipiste befanden.

»Freust du dich schon aufs Skifahren morgen?«, fragte Lu.

Nein, ich möchte eigentlich lieber nach Hause, wollte Maja am liebsten antworten. Stattdessen sagte sie: »Na klar, und du?«

»Total! Es ist schönes Wetter vorausgesagt, wir haben tollen Schnee, das wird mit Sicherheit ein Riesenspaß!«

»Bestimmt«, war Majas knappe Antwort. Dann herrschte unangenehme Stille zwischen den beiden. Maja wusste nicht recht, was sie sagen sollte. Das war ihr bei Lu noch nie passiert. Aber Lu ging zuerst in die Offensive: »Ich habe übrigens, als du letztens nach der Tanzstunde gleich wegmusstest, noch mal mit Mel wegen der Show gesprochen.« Maja antwortete nichts, also sprach Lu einfach weiter: »Sie findet unsere Idee prima und ist bereit, uns zu unterstützen, wo sie nur kann.«

»Das klingt doch gut«, sagte Maja. Sie war ein wenig enttäuscht, da sie doch gemeinsam mit Mel sprechen wollten. Allerdings konnte sie Lu keinen Vorwurf machen. Die Show war in weniger als einem halben Jahr, und wenn sie nicht bald die Organisation in die Hand nehmen würden, würde das nichts werden. Außerdem musste Maja nach dieser Tanzstunde gar nicht wirklich weg. Es war nur eine Ausrede gewesen, da sie mal wieder schlechte Laune gehabt hatte und nach Hause wollte.

»Mel meinte, das Tanzstudio sei zu klein, um darin eine Show zu veranstalten, aber sie wisse eine Location, in der es vielleicht klappen könnte. Eine kleine leerstehende Fabrikhalle am Stadtrand. Wenn wir wollen, würde sie da mal mit uns hinfahren.«

»Eine Fabrikhalle? Mit wie vielen Zuschauern rechnet ihr denn?«

»Na ja, wir benötigen eine große Bühne und Mel meinte, wir sollten ungefähr achthundert bis eintausend Zuschauer einplanen.« Maja wusste nicht, ob ihr so heiß wurde, weil sie im Dampfbad saß, oder ob es daran lag, was Lu gerade gesagt hatte. »Alles klar bei dir, Maja? Du bist plötzlich so blass!«

»Ja, alles klar, ist doch toll, dass Mel uns helfen will.«

»Finde ich auch.« Sofort war Lu wieder in ihrem Element und plapperte fröhlich drauflos. »Also kommst du mit, wenn wir uns die Halle ansehen?«

»Klar«, entgegnete Maja. Aber ihr war gar nicht wohl bei dem Gedanken, vor so vielen Zuschauern tanzen zu müssen.

»Außerdem hat Mel mir versprochen, mit den anderen Tanzschülern zu sprechen. Und sie würde uns natürlich beim Einstudieren der Choreografie unterstützen.« Lu wirkte so unglaublich glücklich. Das wollte Maja nicht kaputt machen: »Klingt toll. Das ist wirklich nett von Mel.«

»Ja, nicht wahr? Trotzdem gibt es noch viele weitere Dinge, um die wir uns kümmern müssen. Wir benötigen ein Bühnenbild, Bestuhlung für so viele Leute, Ton- und Lichttechnik, wir müssen die passenden Lieder und Kostüme zu den Tänzen aussuchen, wir sollten ein wenig Werbung machen und uns überlegen, wie viel Eintritt wir verlangen, ob wir Essen und Trinken anbieten ...« Die Liste war noch nicht zu Ende. Maja wurde schlecht. Wie sollten sie das alles in so kurzer Zeit noch schaffen? Sie hörte schon gar nicht mehr richtig hin, bis Lu sagte: »... vielleicht könntest du dir dazu auch schon mal Gedanken machen. Wir benötigen eine Geschichte zu unserer Show und irgendwie hatte ich noch nicht die zündende Idee.«

»Klar, mach ich.« Wo sollte sie denn jetzt eine Geschichte herzaubern?

Am Ende dieses Wellnesstages war Maja alles andere als entspannt. Im Gegenteil, sie war in Panik und verfluchte sich, dass sie zugesagt hatte, bei dieser Tanzshow mitzumachen.

Am nächsten Tag waren sie schon früh auf der Skipiste. Es war ein herrlicher Tag. Die Sonne schien die ganze Zeit. Leider war Maja nicht die beste Skifahrerin. Ben und ihre Freunde hingegen beherrschten es perfekt. Es sah so locker leicht aus, wenn sie einen Schwung nach dem anderen setzten. Sie fuhren nicht nur technisch einwandfrei, sondern waren auch noch schnell. Ungefähr auf der Hälfte der Strecke warteten sie immer auf Maja. Doch sobald sie die anderen eingeholt hatte, fuhren sie gleich weiter. Maja blieb keine Zeit zu verschnaufen. Nach einem halben Tag gab sie auf. Sie blieb nach dem Mittagessen mit der Ausrede, ihr Knie schmerze ein wenig, alleine auf der Hütte sitzen. Da keiner der anderen bemerkte, wie schlecht es Maja innerlich in Wirklichkeit ging, fuhren sie weiter. Sie wollten den schönen Skitag ausnutzen.

Auch der darauffolgende Tag war keineswegs besser für Maja. Im Gegenteil. Die Oberschenkel schmerzten ihr noch vom Vortag. Sie hatte einfach keine Kondition und ihr fehlte es an Motivation. Sie fühlte sich ziemlich träge, müde und kaputt. Diesmal hatte sie versucht, bis zum Schluss durchzuhalten. »Ich würde sagen, wir begeben uns langsam auf die Talabfahrt und dann können wir unten noch etwas in der Bar trinken, bevor es zurück zum Hotel geht«, rief Finn den anderen zu. Alle zeigten mit den Daumen nach oben, nur Maja war keineswegs begeistert. Die Talabfahrt war keine einfache Piste, ziemlich lang und in der Regel vereist. Doch sie wollte nicht schon wieder die Spielverderberin sein und so biss sie die Zähne zusammen. Ihre Oberschenkel schmerzten bei jedem Schwung mehr und sie fuhr extrem vorsichtig. Ein Schwung nach dem anderen. Doch plötzlich rutschte Maja auf einer Eisplatte aus. Es zog ihr den Ski, der zum Tal gerichtet war, weg und sie brachte ihn nicht mehr unter Kontrolle. Sie fiel zur Seite und schlitterte im Liegen weiter den Berg hinab. »Brems, Maja, brems«, hörte sie Ben von irgendwoher rufen. Doch sie hatte keine Chance. Sie schlitterte einfach weiter. Dann spürte sie, wie sie gegen etwas Festes prallte. Doch es war nicht etwas, sondern jemand. Es war Clarissa. Im Augenwinkel konnte Maja sehen, wie es Clarissa von den Skiern gehoben hatte und sie mit voller Wucht auf dem Rücken aufprallte. Finn, der kurz unterhalb von ihr stand, schnallte sich die Skier ab und lief zu Clarissa hoch. »Alles okay, Clarissa? Bist du verletzt?« Keuchend saß Clarissa im Schnee. »Alles okay, glaube ich. Ich bekomme nur kaum Luft.«

»Das ist normal, du bist auf den Rücken gefallen. Bleib einfach noch kurz sitzen«, beruhigte Finn sie. Auch Maja stand inzwischen wieder auf den Skiern. Lu und Ben hatten sie auf einem etwas flacheren Stück abgefangen. »Auch bei dir alles okay, Maja?«

»Ja, ja, mir fehlt nichts. Wie geht es Clarissa? Oh Gott,

das tut mir so leid. Ich konnte einfach nicht mehr bremsen.«

»Ich glaube, ihr ist nichts passiert. Das war mehr der Schock«, meinte Lu. Ben sagte gar nichts. Langsam rappelte sich auch Clarissa auf und sie und Finn fuhren zu den anderen hinunter. »Es tut mir so leid, Clarissa!«

»Hast du denn keine Augen im Kopf? Weißt du, was hätte passieren können?«, entgegnete Clarissa sichtlich aufgebracht.

»Ich, ich konnte nicht mehr bremsen. Ich hatte keine Kontrolle mehr über meine Skier«, versuchte Maja sich kleinlaut zu verteidigen.

»Dann solltest du vielleicht darüber nachdenken, noch mal einen Skikurs zu belegen!« Clarissa war ihre Wut deutlich anzumerken.

Ben sprang ein: »Clarissa, das war doch keine Absicht von Maja. Ihr hat es die Skier durch eine Eisplatte weggezogen, das hätte jedem von uns passieren können.«

Danke, dachte Maja leise für sich.

»Ja, schon okay. Aber pass bitte etwas besser auf beim nächsten Mal!«

»Ja, mache ich, versprochen!«

»Na also, seien wir froh, dass niemandem etwas Ernsthaftes passiert ist. Jetzt lasst uns weiterfahren, bevor es dunkel wird«, ermutigte Lu die anderen.

Den ganzen Abend lang war Clarissa nicht mehr gut auf Maja zu sprechen. Sie hatte ein paar Prellungen davongetragen, die wohl ziemlich schmerzhaft waren. Der morgige letzte Skitag war für sie also gelaufen. Maja plagte das schlechte Gewissen. Es tat ihr so unendlich leid. Hätte sie doch die Talabfahrt nicht mehr gemacht und wäre mit der Gondel hinuntergefahren, wie ihr Gefühl es ihr gesagt hatte.

Nach dem Abendessen spielten die anderen noch ein paar Gesellschaftsspiele in der Hotellobby. Maja blieb zwar bei ihnen, zog sich aber lieber mit einem Buch in eine Ecke zurück. Immer wieder blickte sie auf und sah, wie ihre Freunde sich amüsierten. Natürlich trugen auch die Cocktails, die sie bestellt hatten, zu dieser Stimmung bei. Maja wollte auch gute Laune haben. Aber sie konnte nicht aus ihrer Haut. Sie wollte dazugehören und doch sehnte sie sich nach dem Alleinsein. Die ganze Zeit schon konnte sie den anderen schlecht aus dem Weg gehen, gerade Ben nicht, da sie sich ein Zimmer teilten. Nach einer Weile beschloss sie, ins Bett zu gehen, aber sie fand keinen Schlaf. Der Unfall mit Clarissa ging ihr nicht mehr aus dem Kopf und sie machte sich nach wie vor große Vorwürfe. Später hörte sie Ben ins Zimmer kommen. »Du bist ja noch wach«, grinste er sie an.

»Kann nicht schlafen«, entgegnete sie.

»Hm, wenn das so ist, was machen wir denn dagegen?« Ben schmiss sich zu ihr aufs Bett und begann sie zu kitzeln und zu küssen. »Ben, was machst du da? Hör auf damit!«

»Hey, was ist denn los mit dir?«

»Ich will das jetzt einfach nicht, okay?« Ben wurde sauer. »Maja, du willst das schon seit ein paar Wochen nicht mehr! Weißt du, wie lange wir inzwischen nicht mehr miteinander geschlafen haben?« Jetzt, da Ben es so offen ansprach, wurde es Maja erst bewusst.

»Ich fühle mich eben nicht so gut und möchte das gerade nicht.«

»Maja, ich habe sehr viel Verständnis, aber du fühlst dich jetzt schon seit Wochen nicht so gut, wie du es nennst. Ich verstehe es einfach nicht mehr. Und ich ertrage es langsam nicht mehr.«

»Bitte, ich versuche doch alles, dass es besser wird.«

Ben gab auf. »Ja das sehe ich!« Er ließ sich auf seiner Seite des Bettes auf die Kissen fallen und schon kurz darauf konnte Maja seine regelmäßigen Atemzüge hören.

Maja selbst allerdings lag noch stundenlang wach. Sie hasste sich selbst so sehr. Sie war Ben keine gute Freundin und konnte ihm nicht geben, was er brauchte. Sie vermisste Buddy. Auch hier plagte sie das schlechte Gewissen, ihn zu Hause gelassen zu haben. Sie machte sich große Vorwürfe wegen Clarissa. Sie war verzweifelt, wälzte sich noch etliche Male hin und her und weinte leise in ihr Kissen. Nur noch der morgige Tag, dachte sie. Dann hast du es überstanden. Und so schlief sie irgendwann vor Erschöpfung ein.

Kapitel 8 – Gute Laune?!

Maja konnte Buddy durch die geschlossene Haustüre bellen hören. Dann öffnete endlich jemand und ein großes Fellknäuel sprang ihr entgegen. Und es war inzwischen wirklich riesig geworden. Das fiel Maja erst jetzt auf, da sie ein paar Tage weg gewesen war. Er riss sie fast von den Füßen und sie musste aufpassen, dass sie nicht rücklings die Haustreppe wieder hinunterfiel. Buddy wedelte mit dem Schwanz, er war ganz aufgeregt vor Freude, Maja endlich wiederzusehen.

»Hey, mein Junge, ich freue mich auch sehr, dich zu sehen. Jetzt fahre ich so schnell nicht mehr ohne dich weg.« Sie streichelte durch sein dichtes Fell. Er wollte immer wieder an ihr hochspringen und konnte sich gar nicht beruhigen. »Ist ja gut, ist ja gut, Buddy.«

»Er war wirklich anständig.«

Majas Vater stand in der Türe und beobachtete die Willkommensszene mit einem Lächeln.

»Man könnte meinen, du warst für ein halbes Jahr im Ausland, so freut er sich.«

»Oh, hey, Dad. Danke, dass ihr auf ihn aufgepasst habt.«

»Ist doch klar.«

Endlich hatte sie ihn wieder. Das hob auch Majas Laune ein wenig. Sie machte gleich einen ausgiebigen Spaziergang mit ihm. Dabei konnte sie seit langem mal wieder etwas wie Freude empfinden. Das machte ihr ein wenig Mut. Sie dachte an das vergangene Wochenende. Ihr wurde bewusst, dass es so nicht weitergehen konnte.

Sie hatte das Gefühl, jemand nahm ihr ihr Leben aus der Hand. Aber sie wollte selbst über ihr Leben bestimmen und ganz bestimmt wollte sie nicht ständig traurig sein oder gar nichts fühlen. Oder schlimmer noch: die Außenseiterin sein, weil niemand sie verstehen konnte. Sie musste endlich etwas dagegen unternehmen.

»So, Buddy, jetzt ist Schluss mit dieser schlechten Laune. Von jetzt an schauen wir wieder nach vorne. Und das Erste, was ich machen werde, wenn wir wieder zu Hause sind, ist Lu anzurufen, um über die Tanzshow zu sprechen.«

Buddy schien ihr mit einem »Wuff« zuzustimmen.

Maja schloss die Augen und dachte ans Tanzen. Endlich spürte sie diese Energie wieder in sich. Diese Energie, die sie nur hatte, wenn sie tanzte. Wenn sie tanzte, fühlte sie sich frei. Sie fühlte sich unbeschwert. Sie machte sich keine Gedanken. Keine Gedanken darüber, was war. Keine Gedanken darüber, was die Zukunft bringen wird. Sie bewegte sich einfach. Sie bewegte sich im Rhythmus der Musik. Sie schien mit der Musik zu verschmelzen. Da war nur sie. Nur sie, die Musik und ihr Körper. Die Welt um sie herum schien wie vergessen. Ihre Beine folgten einfach dem Rhythmus. Sie wiegte sich darin. Und sie spürte, wie sie immer sicherer wurde. Der Song spielte sich ganz in ihrem Kopf ab. Und sie bewegte sich dazu wie von alleine. Hier war kein Platz für negative Gefühle. Hier war kein Platz für Zweifel. Alles war im Fluss. Sie war ganz bei sich selbst. Sie fühlte sich endlich wieder lebendig. Dieses Gefühl, es war tief in ihr. Endlich schien es wieder nach draußen zu wollen. Und das war so befreiend.

»Wow, ich bin begeistert! Das hätte ich dir gar nicht zugetraut!«

»Was, wie?!«

Maja erschrak und öffnete die Augen. Diese Stimme kannte sie doch. Es war Tim. Er stand nur ein paar Meter von ihr entfernt. Buddy saß neben ihm. Maja stockte kurz. Sie musste wohl die Leine losgelassen haben. Was war gerade passiert?

»Habe ich etwa gerade wirklich ...?«, flüsterte sie leise zu Tim.

»Getanzt, meinst du? Na und ob! Und noch dazu wirklich gut!«

Maja war das Ganze ziemlich peinlich. Hatte sie gerade wirklich einfach mitten im Park zu tanzen begonnen und dabei sogar Buddy losgelassen? Das wollte sie nicht glauben. Sie dachte, das hätte sich gerade alles nur in ihrem Kopf abgespielt. Außerdem, woher sollte Tim denn wissen, dass es gut war, wie sie getanzt hatte?

»Kennst du dich denn damit aus?«, fragte Maja.

»Ein bisschen«, war Tims Antwort.

Er drückte ihr Buddys Leine in die Hand und zwinkerte ihr zu. Dann ging er ohne ein weiteres Wort davon.

In den nächsten Wochen ging es Maja besser. Der Druck auf ihrer Brust beim Aufstehen war nicht mehr da. Aufstehen war Maja generell noch nie leichtgefallen, aber es fühlte sich jetzt wieder normal an. Sie brauchte ein paar Minuten, aber es war kein Vergleich zu den letzten Wochen, in denen sie teilweise bis zu einer Stunde oder länger benötigt hatte, um aus den Federn zu kommen. Das Bild, von unsichtbaren Ketten an das Bett gefesselt zu sein, war weg. Und allein das war für Maja eine enorme Erleichterung.

Sie machte sich auch wieder Gedanken, was sie zur Arbeit anziehen wollte, und achtete generell wieder mehr auf ihr Äußeres.

Auch in der Arbeit selbst lief es besser denn je. Maja erzielte kleine Erfolge. Sei es in einem Projekt, welches die Gestaltung der Altstadt vorantreiben sollte, oder dass sie Lob von den Gästen für ihre Stadtführungen bekam.

»Die Besucherzahl unserer Website ist im letzten Monat um fünfundzwanzig Prozent gestiegen und viele Leute hinterlassen positive Kommentare zu deinen Stadtführungen auf unserer Facebook-Seite. Das ist prima Werbung für uns und die Stadt. Gute Arbeit, Maja!«, war Lydias Anerkennung in der letzten Teambesprechung gewesen.

Nach der Arbeit ging Maja jetzt sogar des Öfteren joggen. Buddy hatte sie immer dabei. Und manchmal sogar Ben. Sie war zwar nicht so schnell wie er und schaffte noch nicht ganz seine Laufstrecke, aber ihre Kondition steigerte sich von Mal zu Mal. Es tat gut, den Kopf frei zu bekommen und an der frischen Luft zu sein.

Manchmal kochte sie auch abends mit Ben. Sie konnte wieder beherzt essen und probierte mit ihm zusammen neue Rezepte aus. Sie wusste nicht, ob sie wieder mehr aß als zuvor, aber es schmeckte ihr richtig gut.

»Ich bin so froh, meine Maja wieder zurückzuhaben«, sagte Ben eines Tages beim Kochen zu ihr. »Ich habe sie so sehr vermisst.«

Auch die Abende, die Maja alleine mit Buddy zu Hause

auf der Couch verbrachte, wurden weniger. Sie unternahm wieder mehr mit ihren Freunden und begleitete Ben auf diverse Veranstaltungen. Bei diesen Abenden merkte sie förmlich, wie sie über bestimmte Dinge wieder herzlich lachen konnte. Und das tat so gut.

Zusammen mit Lu schmiedete Maja Pläne für die bevorstehende Tanzshow. Die alte Fabrikhalle am Stadtrand, die Mel ihnen für die Show vorgeschlagen hatte, erwies sich als optimale Location. Da diese überwiegend leer stand, war auch die Miete bezahlbar. Der Besitzer war froh, dass die Halle überhaupt genutzt wurde. Sie waren also optimistisch, die Miete mit ihren Einnahmen aus der Show locker abdecken zu können. Mel konnte außerdem noch genügend Tanzschüler und Freunde von der Idee, bei der Tanzshow mitzumachen, überzeugen.

Auch die Show selbst nahm langsam Formen an.

»Mel, du hast uns doch mal erzählt, dass unsere Tanzschule vor circa fünfzig Jahren von einem Mädchen in unserem Alter aufgebaut und gegründet wurde. Sie hatte kaum einen Pfennig in der Tasche, aber diesen Traum vom Tanzen. Und diesen Traum wollte sie mit anderen Menschen teilen. Warum erzählen wir in der Show nicht ihre Geschichte?«, fragte Maja Mel und Lu, als sie sich an einem Abend mit den beiden im Oldtown getroffen hatte.

»Maja, das ist eine blendende Idee!«, jubelte Lu.

»Warum bin ich da nicht draufgekommen?«, stimmte auch Mel ihr zu.

Sie begannen mit der Ausarbeitung des Konzepts und trainierten hart für ihre Show. Maja hatte ihre Leidenschaft für das Tanzen wiedergefunden. Die Ideen sprudelten nur so aus ihr hervor und sie war motivierter denn je, zusammen mit Lu eine Show auf die Beine zu stellen, die die Leute begeistern würde und mit der sie sogar noch etwas Gutes tun konnten.

Alle Zweifel der letzten Wochen schienen wie weggefegt. Maja konnte gar nicht mehr glauben, dass sie in den vergangenen Monaten eigentlich ständig schlechte Laune gehabt und sich so mies gefühlt hatte. Es kam ihr vor, als wäre das alles ganz weit weg oder nie dagewesen. Schließlich gab es ja auch keinen Grund dafür.

Was positives Denken und ein bisschen mehr Selbstdisziplin alles bewirken können, dachte Maja, als sie eines Abends im Bett lag und nachdachte. Es schien wohl doch nur eine Phase gewesen zu sein, war ihr letzter Gedanke, bevor sie zufrieden einschlief. In dieser Nacht hatte sie einen schönen Traum.

Kapitel 9 – Zwei Gesichter

Majas Zufriedenheit sollte nicht lange anhalten. Als der Wecker am nächsten Morgen klingelte, fühlte sie sich elend. Alle Gliedmaßen taten ihr weh.

»Guten Morgen, meine Süße.« Ben gab ihr einen Kuss auf die Stirn. »Kommst du mit zum Laufen?«

Schon bei dem Gedanken ans Laufen wollte sie sich sofort wieder umdrehen.

»Ich fühle mich heute wirklich nicht so gut. Nimm doch Buddy mit. Ich setze heute mal aus.«

Während Ben und Buddy alleine nach draußen gingen, starrte Maja an die weiße Decke über ihr. Sie überlegte: Hatte sie vielleicht schlecht geträumt und wusste es nicht mehr? Wurde sie vielleicht krank? Waren das die ersten Anzeichen einer Erkältung? Darauf hatte sie wirklich keine Lust. Je länger Maja liegen blieb und nachdachte, umso schlechter ging es ihr. Sie musste unbedingt aufstehen, das wusste sie. Doch es kostete sie enorme Überwindung. Irgendwann schaffte sie es dann doch, die Füße vor das Bett zu stellen. Sie fühlte sich, als hätte ein Lastwagen sie überrollt.

»Seltsam«, dachte sie nur.

Doch es war keineswegs seltsam. Von diesem Morgen an war wieder alles anders. Von jetzt an verliefen Majas Tage immer ähnlich. Nachdem sie es geschafft hatte aufzustehen, schleppte sie sich ins Bad und betrachtete sich im Spiegel: käsige weiße Haut mit Sommersprossen, tiefe Ringe unter den blauen Augen und langweilige braune

Haare. Maja putzte sich die Zähne und wusch sich, aber machte sich nicht groß die Mühe, sich zu schminken.

Für wen oder was denn, dachte sie.

Anschließend zog sie einigermaßen passende Klamotten aus dem Schrank und machte sich mit Buddy auf den Weg zur Arbeit. An Frühstück war nicht zu denken. Da es langsam Frühjahr wurde und die Temperaturen dementsprechend angenehmer wurden, fuhr sie wieder öfter mit dem Fahrrad und Buddy hatte sie inzwischen so erzogen, dass er brav nebenher lief.

Vor der Bürotür zögerte sie kurz und atmete ein paar Mal tief durch. Niemand durfte merken, dass sie vor lauter Grübeleien wieder kaum Schlaf gefunden hatte.

»Du hilfst mir doch?«, sagte sie zu Buddy. Seine Antwort war ein süßer Hundeblick und Maja fühlte sich ein klein bisschen besser. Dann versuchte sie einen freundlichen Gesichtsausdruck zu machen und betrat das Büro.

»Hey, Maja, gut, dass du da bist, wir haben eine Menge vor heute. Du musst ...«, begrüßte Mia sie voller Tatendrang. Doch Maja hörte nur mit einem Ohr hin. Das war ihr schon zu viel in der Früh.

»Mia, ich hol mir zuerst schnell einen Kaffee. Bin gleich wieder da«, entgegnete sie und entschwand in die Kaffeeküche. Gut. Niemand außer ihr war da. Sie musste sich am Tisch festhalten. Da war schon wieder dieses Schwindelgefühl. Vermutlich weil sie seit gestern Mittag nichts mehr gegessen hatte. Reiß dich zusammen, Maja, die dürfen nichts merken, sagte sie in Gedanken zu sich selbst.

Die Türe ging auf und Lydia betrat den Raum. In ihrer Gegenwart fühlte sich Maja noch kleiner als sonst.

»Guten Morgen, Maja«, schmetterte sie im gewohnten fröhlich-forschen Ton.

»Du müsstest heute Nachmittag noch eine zweite Stadtführung übernehmen. Ich weiß langsam nicht mehr, wie ich die Leute alle unterbringen soll. Im Frühling kommen plötzlich alle wieder aus ihren Häusern.«

Auch das noch, dachte Maja.

»Klar, kein Problem«, war allerdings das, was sie antwortete.

»Prima«, entgegnete Lydia und verschwand mit Milch in der Hand auf ihren High Heels in ihr Büro.

Wie soll ich das nur hinkriegen?, ging es Maja durch den Kopf. Eine einzige Führung kostet mich doch schon so viel Kraft im Moment.

Zurück an ihrem Schreibtisch, plapperte Mia wieder munter drauflos:

»Du wirst nicht glauben, was mir gestern passiert ist. Mein Freund und ich waren auf dem Weg ins ...« Doch Maja war mit ihren Gedanken schon wieder ganz woanders.

»... und dann sagt dieser Typ doch wirklich ... Ist das nicht unerhört?«

»Maja?«

»Was? Ach so, ja, was erlaubt sich der eigentlich?« Maja wusste nicht genau, ob das die richtige Reaktion auf Mias Frage war.

»Na ja, auf jeden Fall sollst du bitte noch die Präsentation für den Stadtrat bis morgen fertigstellen, die Kalkulation für Lydia bezüglich des Konzeptes zum Lichterfest in der Altstadt muss bis Freitag fertig sein und wir benötigen zusätzlich noch eine Idee, wie wir das Lichterfest entsprechend bewerben. Susi aus der Buchhaltung hat auch noch ein paar Dokumente vorbeigebracht, die du dir bitte bis übermorgen ansehen sollst, und ...«

Maja schwirrte der Kopf. Wie sollte sie das alles schaffen?

Das Telefon klingelte. Als Maja auflegte, fiel ihr auf, dass sie vergessen hatte, sich den Namen des Anrufers zu notieren. Hoffentlich war das nicht so wichtig gewesen.

Sie begann den Stoß auf ihrem Schreibtisch abzuarbeiten. Wo sollte sie anfangen? Dann saß sie über eine Stunde vor der Präsentation für den Stadtrat. Eine volle Stunde saß sie da, starrte mal aus dem Fenster und mal auf ihren Bildschirm und schaffte einfach gar nichts. Der Stapel wurde immer größer. Warum konnte sie sich nicht konzentrieren und schweifte immer wieder ab?

»Maja, kann ich dir helfen? Du wirkst ein wenig gestresst?«, fragte Mia im Laufe des Vormittags.

Mist, sie hat etwas gemerkt, dachte Maja.

»Danke, Mia, aber es geht schon.«

In Wahrheit ging es nicht. Doch Maja musste sich zusammenreißen. Niemand sollte etwas merken. Was sollte sie auch sagen? Ich kann mich nicht konzentrieren? Ich habe keine Motivation? Ich fühle mich müde und ausgelaugt?

Irgendwie schaffte Maja es dann doch noch, zumindest die Präsentation vor Mittag fertigzustellen. Der Rest blieb allerdings wieder liegen und obendrauf waren noch weitere Aufgaben im Laufe des Vormittags dazugekommen. Hier ein Telefonat, dort Auskünfte geben. Maja fühlte sich komplett überfordert. Und sie hatte ein schlechtes Gewissen, weil sie heute nur so wenig geschafft hatte.

»Kommst du mit, Maja? Wir wollen heute zum Griechen in die Stadt.«

»Danke, Mia, aber ich muss noch ein paar Besorgungen machen«, war Majas Ausrede.

In Wirklichkeit hatte sie einfach keine Lust mitzugehen. Sie war beeindruckt davon, wenn ihre Kollegen munter drauflos erzählten, was sie alles gemacht hatten und noch vorhatten. Für Maja war es schon eine Herausforderung, überhaupt ihren Alltag zu meistern.

Also nahm sie Buddy an die Leine, ging nach draußen ums Eck zum nächsten Bäcker, kaufte sich dort eine Brezel, setzte sich damit auf eine Bank und wartete, bis die Stadtführung losgehen sollte.

Es war ein herrlicher Frühlingstag. Die Sonne schien und wärmte bereits. Neben Maja sprossen schon die ersten Schneeglöckchen aus dem Boden. Doch sie konnte es nicht genießen. Warum fühlte sie sich wieder so überfordert? Jetzt war es doch einige Wochen lang besser gewesen.

Dann trafen langsam die ersten Besucher für die Führung ein. Sonst freute sich Maja immer darauf, etwas über ihre geliebte Stadt erzählen zu dürfen und die Gäste auf dem Weg durch die Geschichte der Stadt mitzunehmen. Heute fehlte ihr dafür jegliche Motivation.

»Buddy, kannst du das nicht für mich übernehmen?«, fragte sie und kraulte ihn hinter den Ohren.

Maja begrüßte die ersten Gäste, ein älteres Ehepaar, und versuchte etwas Small Talk zu betreiben, bis auch

der Rest eingetroffen war. Es war wieder eine bunt ge-
mischte Truppe, Alt und Jung, Männer und Frauen. Maja
versuchte sich die Namen der Personen einzuprägen.
Das kam immer sehr gut an. Aber sie tat sich schwer.
Inzwischen musste sie auch immer von ihrem Zettel ab-
lesen, weil sie es sich nicht mehr zutraute, die Führungen
auswendig zu machen, was ihr früher ganz einfach von
der Hand gegangen war. Als sie in der Innenstadt waren und am Café Oldtown vorbeikamen, winkte Tim ihr
von weitem zu. Da es ein so schöner Frühlingstag war,
hatten sie auch vor dem Café Stühle und Tische aufgebaut. Wie gern würde Maja jetzt dort alleine mit Buddy
sitzen. Doch sie musste sich auf ihre Arbeit konzentrieren. Halbherzig grüßte sie Tim zurück und fragte sich
in dem Moment, was er wohl so machte, wenn er nicht
in dem Café arbeitete. Doch den Gedanken verwarf sie
schnell. Warum sollte sie das interessieren? Es ging sie
auch nichts an.

Was Maja allerdings nicht wusste, war, dass Tim nur
dort kellnerte, um sich sein Studium zu finanzieren. Sein
Kunststudium mit Schwerpunkt Tanz.

Die Stadtführung verlief alles andere als rund. Maja
war nervös und verhaspelte sich oft.

»In welcher Epoche wurde denn diese Kirche errichtet?«, fragte sie einer ihrer Gäste, als sie an der größten
Kirche der Stadt vorbeikamen.

Mit dieser Frage hatte Maja nicht gerechnet. Hatte sie
denn nicht gerade gesagt, aus welcher Zeit die Kirche
stammte? Sie musste improvisieren und überbrückte Zeit,
während sie in ihren Unterlagen nachlas.

»Oh äh, das ist die Stephanus-Kirche. Die größte und älteste Kirche der Stadt. Der heilige Stephanus gilt als …«

»Vielen Dank, aber Sie haben mir immer noch nicht gesagt, aus welcher Zeit die Kirche stammt«, unterbrach sie der Gast.

Maja konnte die Information in ihren Unterlagen nicht finden und wurde sichtlich nervös. Sie hüpfte von einem Fuß auf den anderen. Es fiel ihr einfach nicht ein. Und dabei sollte das eine ihrer leichtesten Übungen sein. Wie oft hatte sie schon über und von dieser einzigartigen Bauweise gesprochen?

»Ich, ähm, ja, Sie haben recht«, zögerte sie die Antwort immer weiter hinaus.

Sollte sie einfach eine Epoche nennen? Vielleicht würde es ja gar nicht weiter auffallen.

Die Gäste wurden ungeduldig.

»Die Kirche wurde 1652 und somit im Stil des Barock erbaut. Sie werden dort keine geraden Linien finden.« Maja plapperte, was ihr noch aus dem Studium zur Epoche Barock einfiel.

Allerdings half ihr das keineswegs aus der Patsche, denn sie hatte gerade einfach eine Jahreszahl erfunden. Und es kam noch schlimmer.

»Bitte entschuldigen Sie, aber ich hatte gelesen, dass die Kirche bereits 1252 erbaut wurde. Und ehrlich gesagt, würde das besser passen. Die Spitzbögen bei den Fenstern und Türen lassen eher auf die Zeit des gotischen Baustils schließen.«

Verdammt, der Typ hat auch noch Ahnung, ging es Maja durch den Kopf. Was sollte sie jetzt tun? Das war ihr noch nie passiert. Weiter zu schwindeln würde erst recht auffallen. Und so gab sie ihren Fehler zu.

»Da liegen Sie richtig, bitte entschuldigen Sie. Ich habe mich in der Jahreszahl vertan. Selbstverständlich wurde die Kirche bereits 1252 und nicht erst 1652 errichtet. An den von Ihnen genannten Spitzbögen sowie am Kreuzrippengewölbe lässt sich hervorragend der gotische Stil erkennen.«

Maja versuchte zu punkten, indem sie alles, was sie sonst noch über die Kirche wusste, herunterbetete. Das schien allerdings die meisten Besucher schon wieder zu langweilen. Normalerweise unterhielt Maja die Gäste immer mit ihren Anekdoten aus den früheren Zeiten der Stadt oder erzählte von kuriosen Geschichten, welche angeblich hier passiert sein sollten. Das lockerte die Führung immer wunderbar auf. Doch sie schaffte das nicht mehr. Sie war schon froh, wenn sie die Daten und Fakten auf die Reihe brachte, und nicht mal das war ihr heute gelungen. Maja war unzufrieden. Mit ihrer Leistung bei der Stadtführung, mit sich selbst und mit der ganzen Welt. Die Zuhörer schienen auch nicht sehr begeistert von ihr gewesen zu sein. Sie machten zumindest keinen zufriedenen Eindruck, als Maja sich am großen Torbogen der Stadt verabschiedete. Sie fühlte sich mies. War sie eigentlich zu irgendetwas zu gebrauchen? In dem Moment klingelte ihr Handy. Sie kramte in ihrer Tasche, hatte den Anruf da aber bereits verpasst. Kurz darauf folgte eine Textnachricht von Ben.

»Hey, Süße, treffen uns gleich im Oldtown. Komm auch dorthin. Bis dann. Kuss.«

Komm auch dorthin.

Das klingt mehr wie ein Befehl als nach einer Frage, dachte Maja.

Nach diesem Tag hatte sie überhaupt keine Lust, noch wegzugehen. Im Oldtown würden sich sicherlich all ihre Freunde versammelt haben und sie müsste wieder so tun, als wäre alles in Ordnung. Da war ihr der Gedanke an die Couch zu Hause schon lieber. Hier konnte sie niemand sehen und sie musste vor niemandem etwas verstecken.

Andererseits wollte sie nicht wieder damit anfangen, die Treffen mit ihren Freunden kurzfristig abzusagen.

»Na, was meinst du, mein Hübscher?«, wandte sie sich an Buddy.

Der gab ein eindeutig zustimmendes »Wuff« von sich, als wollte er Maja motivieren.

»Ja, ja, schon gut. Ich geh ja schon.«

Also machten sich Maja und Buddy auf den Weg ins Oldtown. Bevor Maja eintrat, atmete sie einmal tief durch. Alle ihre Freunde waren bereits da und begrüßten sie herzlich.

»Hey, Maja, schön, dich zu sehen«, war Finns Reaktion.

»Hey, Liebes!«, kam von Lu und sie umarmte sie herzlich.

Auch Clarissa nahm sie kurz in den Arm.

Ben drückte ihr einen Kuss auf die Stirn. Das liebte sie. Auch Buddy wurde freundlich begrüßt. Heute dachte allerdings niemand vom Personal an einen Napf mit Wasser für ihn.

Schade, dass Tim nicht da ist, ging es Maja durch den Kopf.

Da es für Buddy bequemer war, am Rande des Tisches zu liegen, setzte sich Maja neben Lu, sodass diese zwischen ihr und Ben saß. Alle bestellten zu essen. Maja wollte nur einen kleinen Salat. Ihr war schon wieder leicht übel.

Clarissa erzählte von ihrem letzten Urlaub. Das war Maja ganz recht, dann musste sie nur zuhören und selbst nicht reden. Sie blickte in die Runde. Alle waren gut gelaunt und hingen gebannt an Clarissas Lippen. Majas Gedanken hingegen schweiften immer wieder ab. Sie dachte an die Arbeit, was noch alles zu tun war und wie sie das schaffen sollte. Unterbrochen wurde sie nur von der Kellnerin, als diese ihr den Salat servierte. Maja stocherte lustlos darin herum.

»Hast du keinen Hunger?«, fragte Lu besorgt.

»Nein, irgendwie nicht. Ich habe heute schon so viel gegessen«, log Maja. Bis auf die Brezel zu Mittag hatte sie noch nichts zu sich genommen.

»Hm, okay, aber bei unserer Show musst du fit sein. Wir wollen doch nicht, dass du uns noch vom Fleisch fällst bis dahin«, sagte Lu im Scherz.

Maja hingegen fand das nicht lustig, und als sie das Wort »Show« hörte, wurde ihr zum wiederholten Male übel an diesem Abend.

»Nein, keine Angst, ich bin fit«, versuchte Maja sich zu verteidigen.

Ihr Essen schob sie von sich weg. Der Appetit war ihr endgültig vergangen. Sie wollte hier weg. Wollte einfach nur alleine sein. Sie starrte auf das Flackern der Kerze, die vor ihr auf dem Tisch stand.

»Sehr gut«, meinte Lu. »Es gibt noch viel zu tun.«

Das war auch Maja bewusst. Sie fühlte sich überfordert.

»Hast du dir schon Gedanken über das Bühnenbild gemacht?«, wollte Lu wissen.

Oh Mist, schoss es Maja durch den Kopf. Auch das hatte sie komplett vergessen. Ihre Aufgabe war es gewesen, sich ein Bühnenbild auszudenken oder zumindest Ideen dafür auszuarbeiten.

Lu kümmerte sich währenddessen um die Bestuhlung der Halle, sah zu, dass sie einen Licht- und einen Tontechniker fand, und machte sich Gedanken, welche Kostüme zur Geschichte passen könnten. Maja hatte eigentlich nur eine Aufgabe gehabt. Und nicht mal um diese hatte sie sich gekümmert. Sie war Lu wirklich keine große Hilfe.

»Es tut mir leid, ich bin noch nicht dazu gekommen. In der Arbeit ist so viel los zurzeit.«

Das war zwar keine gute Ausrede, aber irgendetwas musste Maja ja antworten.

Lu war sichtlich enttäuscht, versuchte aber, sich nichts anmerken zu lassen.

»Oh, verstehe«, sagte sie. »Bis wann denkst du, dass es bei dir klappt? Bis zur Show sind es nur noch wenige Wochen.«

»Lu hat recht, Maja«, mischte Ben sich ein. »Ich kenne mich zwar nicht gut aus im Tanzen, aber diese Show klingt nach einer Menge Arbeit.«

Genau, du kennst dich nicht aus damit, also halt die Klappe, wollte sie ihn am liebsten anschreien. Sie fühlte sich gekränkt. Seit wann stellte sich Ben denn auf Lus Seite?

Und dann starteten die beiden ein Gespräch über die Show und unterhielten sich angeregt. Maja war außen vor. Sie fühlte sich einfach nur nutzlos. Und sie wollte hier raus. Sie ertrug es nicht, dass Lu und Ben sich anscheinend besser verstanden, als ihr lieb war. Sie musste hier weg.

»Ben, ich gehe mit Buddy schon mal nach Hause«, sagte sie nach ein paar Minuten.

»Was? Jetzt schon?«, fragte Lu.

»Ja, ich fühle mich nicht so gut.«

»Schade, aber wir verstehen das natürlich«, meinte Clarissa, die sich die ganze Zeit munter mit Finn über ihre Urlaubsziele unterhalten hatte.

Ben verabschiedete Maja nur mit den Worten: »Bis später.«

Daheim legte sich Maja sofort auf die Couch. Sie fühlte sich ausgelaugt. Sie fühlte sich, als hätte sie tagelang nicht geschlafen.

Ihre Gedanken begannen wieder zu kreisen. Eine Stunde, zwei Stunden, drei Stunden. Den ganzen restlichen Abend lang. Den Fernseher hatte sie gar nicht erst angemacht. Sie musste eigentlich etwas essen, denn ihr Körper signalisierte eindeutig Hunger. Doch sie schaffte es einfach nicht, aufzustehen. Tief in ihr drin wusste sie, dass es ihr besser gehen würde, wenn sie es hinbekommen würde, ihre Gedanken auf etwas Positives zu lenken. Sie kannte dieses gute Gefühl. Es wäre so viel einfacher. Aber sie war dazu einfach nicht der Lage. Es fühlte sich an wie eine Blockade in ihrem Kopf. Maja weinte, sie resignierte. Sie versuchte zu schlafen. Auch das ging nicht.

Sie erinnerte sich an die Wochen, als sie es »im Griff« gehabt hatte. Aber sie konnte die notwendige Kraft einfach nicht aufbringen, sich aufzuraffen. Sie dachte an Menschen, denen es wirklich schlecht ging, und ihr war klar, dass ihr Problem hingegen lächerlich war. Welche Sorgen hatte sie denn schon? Sie wusste ja noch nicht einmal, was genau ihr Problem war. Ihre Schuldgefühle deswegen waren dafür umso größer. Sie lag einfach nur da und starrte vor sich hin. Buddy schlief in seinem Korb. Maja suchte verzweifelt irgendetwas, an dem sie sich hochziehen konnte. Aber es gelang ihr nicht. Sie sah keinen Sinn in ihrem Leben und auch keine Zukunft. Sie grübelte in der Vergangenheit. Ihre Schuldgefühle schienen sie zu erdrücken. Aber niemand sah ihren innerlichen Schmerz. Keiner schien es zu verstehen. Nicht einmal sie selbst. Sie holte ihr Handy hervor und suchte verzweifelt nach Zitaten oder Weisheiten, die ihr Mut machen sollten. Doch selbst diese ergaben für sie keinen Sinn. Nichts machte für Maja im Moment Sinn.

Sie überlegte, ob sie Lu schreiben sollte, in der Hoffnung, dass sie sie vielleicht aus ihrem Tief herausziehen könnte. Doch Maja wusste, auch ein gut gemeintes »Kopf hoch« und »Das wird schon wieder, es ist doch nichts passiert« würden ihr jetzt nicht helfen. Sie liebte ihre Freunde und war ihnen unendlich dankbar. Sie wusste auch, dass sie nicht mehr tun konnten, als für sie da zu sein. Den Rest musste sie alleine schaffen. Sie hatte es immerhin schon einmal geschafft. Doch es schien keine Kraft für »den Rest« übrig zu sein. Maja wünschte sich, dass jemand sie an die Hand nahm und hochzog. Dann würde alles wieder gut werden. Aber sie wusste, dass ihre Freunde das nicht konnten. Es lag an ihr alleine. Ihr war das bewusst, aber sie wollte es nicht wahrhaben. Niemand sonst konnte sie reparieren. Das musste sie alleine schaffen. Aber sie drehte sich im Kreis und konnte nicht ausbrechen. Irgendwann schlief sie, in der Hoffnung, dass morgen ein besserer Tag werden würde, ein.

Kapitel 10 – Helle und dunkle Stunden

Besser war der nächste Tag keineswegs. Mit angezogenen Beinen lag Maja im Bett. Sie wollte sich so klein machen wie möglich. Am liebsten wäre sie unsichtbar gewesen. Ben war schon in der Arbeit. Woher nahm er nur diese Energie? Er war gestern ziemlich spät nach Hause gekommen und heute schon wieder auf den Beinen. Das war aber vielleicht ganz gut so. Denn Maja hatte geträumt. Sie waren alle zusammen auf einer Party. Lu, Ben, Clarissa, Finn und Maja. Die anderen hatten schon einiges getrunken. Sie standen an der Bar und unterhielten sich angeregt. In ihrem Traum sah Maja ihnen von weitem zu. Es schien wirklich lustig zu sein. Aber Maja war kein Teil der Party. Sie beobachtete das Geschehen von weit weg. Dabei wollte sie so gerne mit dabei sein und Spaß mit den anderen haben. Sie war allein. War sie denn wirklich so anders? Warum konnte sie nicht einfach dazugehören? Je länger sie die anderen beobachtete, desto schlimmer wurde es. Sie wirkten alle so glücklich, so unbeschwert. Maja hingegen fühlte sich, als trüge sie eine tonnenschwere Last mit sich herum. In ihrem Traum verstanden sich Ben und Lu prächtig. Maja hatte das Gefühl, Lu himmelte Ben förmlich an. Und Ben? Er schien es zu genießen und flirtete heftig mit ihr. Als er sie dann kurz am Arm berührte, war es für Maja vorbei. Sie wollte das nicht länger ansehen. Sie wollte weg von hier. Die Tränen rannen ihr übers Gesicht. Sie lief los. Aber sie kam keinen Schritt vorwärts. Sie wollte schreien, brachte aber keinen Ton heraus.

Und dann wachte sie auf. Schweißgebadet und die Augen von den Tränen geschwollen. Es dauerte eine Weile, bis sie verstand, dass sie nur geträumt hatte. Ihr Puls raste. Sie konnte sich kaum beruhigen. Ben lag nicht neben ihr. Aber das war Maja nur recht. Sie wollte ihn jetzt nicht sehen. Er und Lu? Das durfte nicht wahr sein. Nein, das würden sie mir nicht antun, dachte Maja.

Trotzdem grübelte sie darüber nach. Den Freund und die beste Freundin verloren. Was würde ihr denn dann noch bleiben? Maja schnürte es immer mehr die Kehle zu, je länger sie darüber nachdachte. Dann kam Buddy angetapst, als wollte er ihr sagen: »Ich bin noch da, du hättest immer noch mich.«

Maja war so froh, dass Buddy da war. Sie kuschelte sich fest an ihn. Normalerweise durfte er nicht aufs Bett. Ben wollte das nicht. Aber es war Maja in diesem Moment egal. Sie brauchte ihn jetzt. So wollte sie liegen bleiben. Für immer. Sie spürte, wie ihr Puls sich wieder ein wenig beruhigte. Hier wollte sie bleiben. Buddy beschützte sie und niemand konnte ihr etwas anhaben. Hier musste sie sich nicht mit ihren Problemen, die keine waren, auseinandersetzen. Sie kauerte sich zusammen. Buddys Wärme strahlte auf sie über. Heute würde sie nicht zur Arbeit gehen. Sie würde sich krank melden. Es war keine Kraft mehr übrig in ihr. Sie wollte nicht aufstehen. Einfach nur hier liegen. Für immer.

Aber Buddy ließ das nicht zu. Nach einer halben Stunde sprang er auf, lief in die Küche und kam mit seiner Leine zurück.

»Nein, Buddy, das geht heute nicht. Frauchen muss im Bett bleiben.«

Maja drehte sich auf die andere Seite, damit sie ihn nicht ansehen musste. Doch Buddy ließ nicht locker. Er stupste sie mit seiner Pfote immer wieder an.

»Buddy, lass das!«

Als er merkte, dass Maja nicht reagierte, fing er an zu winseln. Das war für Maja schwer zu ertragen.

»Nicht, Buddy, hör auf.«

Sie zog sich ein Kissen über den Kopf und drückte es sich auf die Ohren. Aber das Winseln war immer noch zu hören. Sie nahm das Kissen und pfefferte es auf ihr Bett.

»Buddy, ich kann nicht aufstehen, verstehst du denn nicht?«

Buddy verstand. Aber er konnte es nicht zulassen, dass Maja sich nur noch verkriechen würde. Er wollte, dass sie da rauskam. Irgendwann ging sein Winseln in ein Bellen über.

»Pst, Buddy, sonst stehen gleich die Nachbarn vor der Türe.«

Doch Buddy bellte weiter. Maja hatte keine Wahl. Sie musste es irgendwie aus dem Bett schaffen. In ihr sträubte sich alles. Sie kämpfte mit sich selbst. Es war, als müsste sie einen Krieg gegen sich selbst gewinnen und irgendwann, nach einer gefühlten Ewigkeit, setzte sie ihre Füße neben das Bett und stand auf. Der erste Schritt war gemacht.

Sie bewegte sich vorwärts. Es fühlte sich zwar an wie in Zeitlupe, aber sie ging die paar Schritte ins Bad, wusch sich das Gesicht und putzte sich die Zähne. Dann ging sie die paar Schritte zurück ins Schlafzimmer, öffnete den Schrank, griff nach der erstbesten Kleidung, die ihr in den

Blick kam, und zog sich an. Sie fühlte sich wie in Trance. Als hätte ihr jemand diese Schritte einprogrammiert und sie spielte sie jetzt wie in verlangsamter Geschwindigkeit von einem Band ab.

Dann nahm sie Buddy an die Leine und die beiden verließen das Haus. Sie trafen eine Nachbarin und Maja spulte ein freundliches »Guten Morgen« ab. Bevor die Nachbarin zu einem Plausch ansetzen konnte, ging sie schnell weiter. Auf keinen Fall wollte sie sich mit jemandem unterhalten. Die frische Luft weckte doch noch ein paar Lebensgeister in Maja. Irgendwo in den hintersten Ecken ihres Ichs konnte sie so etwas wie Motivation verspüren. Sie wollte endlich aus diesem Teufelskreis ausbrechen. Sie wollte nicht mehr das Opfer sein.

Ich habe es doch schon einmal geschafft, dachte sie. Es ging mir eine Zeit lang besser. Warum sollte ich das nicht noch einmal schaffen?

Sie kannte dieses Gefühl. Sie wusste, wie es war, mit sich selbst im Reinen zu sein. Dann ging alles viel leichter. Sie musste es einfach schaffen, dieses Gefühl wieder in sich zu entdecken.

»Wenn ich nur hart genug dafür kämpfe, dann werde ich es wieder hinkriegen«, versuchte Maja sich selbst zu motivieren. Ein paar Jogger liefen an ihr vorbei. Sie wirkten ausgepowert, aber glücklich. Maja erinnerte sich, wie fit sie noch vor ein paar Wochen gewesen war, als sie mit Ben laufen ging. Es war ein wunderbares Gefühl. Vielleicht musste sie einfach nur wieder mehr Sport machen. Vielleicht würde es helfen. Alles war ihr recht, solange sie sich nicht mehr so elend fühlen musste wie im Moment.

Mit aller Kraft versuchte sie sich an das gute Gefühl zu erinnern. Und sie lief los. Buddy neben ihr freute es. Er lief mit. Kurz fühlte Maja sich wunderbar. Sie hatte es aus dem Bett geschafft. Sie war aufgestanden und nach draußen gegangen. Und jetzt lief sie sogar.

Vielleicht kann ich es mit genügend Willenskraft wieder schaffen, ging es ihr durch den Kopf.

Sie schlug die Strecke ein, die sie mit Ben immer gelaufen war. An der kleinen Parkbank am Fluss vorbei, wo sie so gerne saß und wo Ben Buddy gefunden hatte. Buddy war ihr eine große Hilfe. Ohne ihn wäre sie heute nicht aufgestanden. Doch Majas Hochgefühl sollte nicht lange anhalten. Schon nach ein paar hundert Metern bekam sie Seitenstechen.

Einfach weiterlaufen, einfach weiterlaufen, dachte sie.

Aber das Stechen wurde heftiger. Maja konnte nicht mehr. Sie musste sich gegen einen Baum lehnen. Ihr wurde schwindelig. Sie war einfach nicht fit. Was hatte sie sich auch dabei gedacht, einfach loszulaufen? Sie hatte die Tage zuvor kaum etwas gegessen, heute Morgen nicht gefrühstückt und jetzt sollte ihr Körper plötzlich von null auf hundert Höchstleistung erbringen? Maja kam sich dumm vor. Sie hätte es doch wissen müssen, dass das nicht funktionieren kann.

»Ich bin so bescheuert, Buddy«, sagte sie und schaute ihn an.

Dann ging sie, anstatt zu laufen, mit gesenktem Kopf nach Hause.

Dort hätte sie sich am liebsten wieder hingelegt und sich in einem Loch verkrochen, wo sie niemand finden konnte. Allerdings wusste sie auch, wenn sie das tun würde, würde sie heute nicht mehr aufstehen. Also duschte sie, zog sich etwas anderes an und hetzte los, da sie eh schon viel zu spät dran war.

Lydia hasste Unpünktlichkeit. Und eigentlich war abgemacht, dass Maja spätestens um acht Uhr im Büro sein sollte. Jetzt war es Viertel nach acht.

»Schnell, Buddy, sie wird sauer sein«, sagte Maja zu Buddy, als sie die Treppen zum Büro hochstiegen.

Vor der Türe holte Maja wie gewohnt einmal tief Luft. Dann trat sie ein. Es kam ihr hektischer vor als sonst. Alle schienen irgendwie im Stress zu sein. Entweder gestikulierten die Leute am Telefon wild vor sich hin, rannten zum Kopierer oder riefen den Kollegen irgendwelche Zahlen zu.

»Maja, da bist du ja endlich!«, rief Mia ihr schon von weitem entgegen. Auch sie wirkte gestresst.

»Wo warst du denn?«

»Ähm, ich habe verschlafen.«

Mia runzelte die Stirn.

»Aber sag mal, was ist hier denn eigentlich los?«, fragte Maja.

»Alle sind in Hektik, um die Sachen fertig zu bekommen, die Lydia ihnen bis heute um neun Uhr zum wöchentlichen Freitags-Meeting aufgetragen hat.«

Und plötzlich fiel auch Maja in den Hektik-Modus. Lydia gab allen am Anfang der Woche immer gewisse Arbeiten auf, die sie bis zum Ende der Woche erledigen und aufbereiten sollten, damit die Ergebnisse gemeinsam am Freitag im Neun-Uhr-Meeting besprochen werden konnten.

»Ich hätte die Kalkulation zum Lichterkonzept für die Altstadt fertig stellen müssen. Das habe ich total verschwitzt«, brabbelte Maja vor sich hin.

In Panik begann Maja ihren PC hochzufahren. Vielleicht konnte sie zumindest noch ein bisschen etwas vor dem Meeting schaffen. Sie konnte da unmöglich mit leeren Händen reingehen. Wie würde das denn aussehen? Sie würde sich vor allen blamieren. Sie öffnete Excel. Aber ihr wurde klar, es war unmöglich, in so einer kurzen Zeit eine ansprechende Kalkulation hinzubekommen. Dafür hätte sie vorher auch noch einiges recherchieren und Angebote einholen müssen. Sie schlug die Hände über dem Kopf zusammen.

Das war's, dachte sie. Ich werde Lydia sagen müssen, dass ich nichts gemacht habe.

Doch Mia kam um Majas Schreibtisch herum.

»Ich habe die Kalkulation schon vorbereitet, Maja. Sie liegt in deinem Ordner auf dem Laufwerk.«

»Was?«, war alles, was Maja sagen konnte.

»Die Kalkulation, sie ist fertig. Du musst dir keinen Kopf machen. Du musst nur noch die Ergebnisse vorstellen.«

»Aber ...«, stotterte Maja vor sich hin.

»Ich habe gestern Abend gesehen, dass du noch gar nichts dafür gemacht hattest, und mich dann selbst drangesetzt. Ich wusste, du würdest das heute Morgen in so kurzer Zeit nicht schaffen.«

Maja wusste nicht, was sie sagen sollte.

»Wow, Mia, das ist ja Wahnsinn. Das hättest du nicht tun müssen. Wie lange warst du denn dann gestern noch hier im Büro?«

»Eine Zeit lang. Aber mach dir darüber keine Gedanken. Kolleginnen sollten sich gegenseitig helfen, oder nicht?«

»Und Lydia weiß nichts davon?«

»Nein, sie hat nichts mitbekommen.«

Das schlechte Gewissen plagte Maja. Mia hatte ihretwegen Überstunden gemacht. Und ihr ziemlich aus der Patsche geholfen.

»Danke, Mia. Wie kann ich mich je bei dir revanchieren?«

»Ach, Quatsch, das passt schon. Lies dir die Kalkulation aber noch mal durch.«

»Vielen, vielen Dank, Mia.« Maja musste sich unbedingt für diese großzügige Tat bei Mia erkenntlich zeigen. Aber dafür würde sie sich später etwas überlegen. Jetzt musste sie sich erst einmal auf die Kalkulation konzentrieren.

»Und noch etwas, Maja«, unterbrach Mia sie, »Lydia hat heute keine gute Laune.«

Das waren ja tolle Aussichten. Um kurz vor neun gingen Maja und Mia gemeinsam in den Besprechungsraum. Der Rest der Mannschaft war bereits versammelt. Um Punkt neun Uhr betrat Lydia den Raum. Sie sah wie jeden Tag unglaublich aus. Dann stützte sie sich mit beiden Händen auf den vorderen Tisch, blickte in die Runde und sagte: »Ich bin gespannt auf eure Arbeiten. Lasst uns loslegen. Wir müssen heute einige Entscheidungen treffen.«

Maja war als Letzte an der Reihe. Die Ergebnispräsentationen ihrer Kollegen waren wirklich gut gewesen. Maja schmiss die Kalkulation mit Hilfe des Beamers an die Wand.

Doch ihr Vortrag und ihre Erklärungen dazu waren alles andere als gut. Dadurch, dass Maja die Kalkulation nicht selbst erstellt hatte, fiel es ihr sichtlich schwer, darüber zu referieren, geschweige denn jedes Detail zu kennen. Je länger die Präsentation dauerte, desto unsicherer wurde sie. Sie verhaspelte sich und hüpfte nervös von einem Bein auf das andere. Ihre Kollegen mussten immer wieder nachfragen, da sie etwas nicht verstanden hatten. Am Ende der Präsentation warf Maja einen Blick auf Lydia. Diese verzog keine Miene. Sie stand auf.

»Danke, Maja«, war Lydias einziger Kommentar dazu. »Jetzt sollten wir uns für eines der Konzepte zum Lichterfest entscheiden.«

Maja war froh, es endlich hinter sich zu haben. Gleich würde es eine Abstimmung oder Diskussion über die drei Konzepte geben, die sie vorgestellt hatte und die eigentlich Mias Arbeit gewesen waren.

»Da ich meinen Mitarbeitern gerne Verantwortung übertrage, wenn sie einen guten Job machen, möchte ich, dass Maja heute entscheidet, welches der Konzepte wir umsetzen werden.«

Was hatte Lydia da eben gesagt? Maja sollte es alleine entscheiden? Einfach so über eine sechsstellige Zahl entscheiden und deren Konzept dazu? Das konnte sie nicht. Dafür kannte sie nicht genügend Details. Was, wenn es schiefgehen und sie sich falsch entscheiden würde? Das konnte Lydia nicht von ihr verlangen. Nicht sofort. Sie musste sich Mias Arbeit noch mal genauer ansehen, bevor sie eine Entscheidung treffen konnte.

»Nun, Maja, wie lautet deine Entscheidung?«, fragte Lydia ungeduldig.

»Ich, ich weiß nicht so recht.«

Diese Aussage gefiel Lydia so ganz und gar nicht.

»Du weißt nicht so recht? Du hast dich doch jetzt ein paar Tage mit den Konzepten beschäftigt, dann musst du doch auch einen Favoriten haben?«

»Nun ja, sie, ähm, sie haben alle ihre Vor- und Nachteile«, stotterte Maja vor sich hin.

Hilfesuchend wandte sie den Blick zu Mia. Diese kapierte sofort und zeigte Maja unauffällig zwei Finger unter dem Tisch.

»Aber ...«, fügte Maja nun hinzu, »ich entscheide mich für Konzept Nummer zwei.«

Diese Aussage schien Lydia zufrieden zu stimmen. Sie nickte mit dem Kopf und sagte:

»Gut, dann geht es jetzt in die Umsetzung, los, los.«

So schnell alle konnten, sprangen sie von ihren Stühlen auf und wuselten zurück an ihre Schreibtische. Gerade als Maja ebenfalls durch die Türe zurück an ihren Schreibtisch wollte, hielt Lydia sie kurz auf.

»Maja, ich möchte dich um vier Uhr in meinem Büro kurz sprechen.«

Oh nein, auch das noch, schoss es Maja durch den Kopf.

»Ja, natürlich«, antwortete sie.

Was konnte Lydia nur wollen? War es wegen des schlechten Vortrags?

Zurück am Schreibtisch, bedankte sich Maja nochmals ausführlich bei Mia.

»Mia, vielen, vielen Dank. Ohne dich wäre ich aufgeschmissen gewesen. Ich lasse mir was einfallen, um mich bei dir zu revanchieren. Ich kann wirklich gar nicht oft genug danke sagen.«

»Habe ich gerne gemacht, Maja.«

Wie konnte ein Mensch nur so selbstlos sein, ging es durch Majas Kopf.

In der Mittagszeit schnappte sie mit Buddy frische Luft. Aber sie fand keine Ruhe. Das Gespräch mit Lydia stand ihr noch bevor und sie hatte keine Ahnung, was auf sie zukommen würde. Mit jedem Schritt zurück ins Büro wurde Maja nervöser. Buddy schien es zu spüren.

»Drück mir die Daumen«, sagte sie zu ihm, bevor sie pünktlich um vier Uhr sanft an Lydias Bürotür klopfte.

»Herein!«, folgte sofort die Antwort. »Hallo, Maja, setz dich doch.«

Lydia bot Maja den Stuhl gegenüber ihrem Schreibtisch an. Sie selbst nahm dahinter Platz.

»Maja, ich möchte gleich zum Punkt kommen. Mich hat diese Woche ein Anruf erreicht, mit dem sich einer unserer Gäste über deine Stadtführung beschwert hat.«

»Oh«, war das Einzige, was Maja hervorbrachte.

Lydia sprach weiter: »Der Gast meinte, es war die schlechteste Führung, die ihm je untergekommen sei, und er wolle sein Geld zurück.«

Puh, das hatte gesessen. Maja wurde immer kleiner auf ihrem Stuhl. Am liebsten wollte sie hier und jetzt aus dem Büro rennen. Doch Lydia fuhr fort:

»Du hättest wohl die einfachsten Dinge verwechselt, konntest zu manchen Fragen keine fachkundige Antwort liefern und wirktest ziemlich abwesend.«

»Ich, ähm ...«, setzte Maja an, um irgendetwas zu entgegnen.

»Ich möchte keine Rechtfertigung von dir, Maja«, kam ihr Lydia zuvor. »Ich bin nur ein wenig verwundert, da deine Führungen noch vor wenigen Wochen immer gute Kritiken bekommen haben. Bei dem Anruf handelte es sich allerdings um einen einzigen Gast, und da ich nicht dabei war, kann ich nicht beurteilen, ob deine Leistung wirklich nicht gut war oder ob der Gast ein eher schwieriger Mensch war. Ich habe ihm sein Geld, das er für die Führung bezahlt hat, wieder zurücküberwiesen. Damit er nicht auf die Idee kommt, uns auch noch in irgendwelchen Medien schlechtzumachen. Dich, liebe Maja, möchte ich allerdings bitten, dass du dir Gedanken über den Vorfall machst, und ich wünsche mir, dass so etwas nicht wieder vorkommt. Ich denke nämlich, dass du eigentlich ganz ausgezeichnet für den Job qualifiziert und talentiert bist. Das war es von meiner Seite. Du kannst gehen, danke, Maja.«

Maja sagte keinen Ton. Sie stand auf und verließ Lydias Büro mit gesenktem Kopf. Sie machte sich gar nicht erst die Mühe, noch mal an ihren Schreibtisch zurückzugehen, sondern schnappte sich Buddy und wollte nur noch raus hier.

»Maja, was wollte Lydia?«, fragte Mia besorgt.

»Erzähle ich dir morgen«, entgegnete Maja. Sie wollte jetzt einfach nicht darüber reden. Sie fühlte sich schon schlecht genug. Jemand hatte etwas gemerkt. Jemand hatte sich beschwert.

Ich bin doch auch wirklich zu gar nichts zu gebrauchen,

ging es Maja durch den Kopf, während sie nach draußen lief.

Ich bin dafür verantwortlich, dass es eine Beschwerde gab und dass Lydia einem Gast sein Geld zurückzahlen musste.

Maja quälte sich mit einem schlechten Gewissen, bis sie plötzlich vor dem Tanzstudio stand. Sie konnte sich kaum erinnern, wie sie ausgerechnet hierher gekommen war, so sehr war sie in Gedanken versunken.

Dann erinnerte sie sich, dass sie mit Lu hier verabredet war. Lu war noch nicht da und auch von den anderen keiner. Also setzte sich Maja auf eine der Bänke in der Umkleidekabine. Buddy setzte sich neben sie. Sie vergrub das Gesicht in den Händen. Was war nur los mit ihr? Warum schien denn alles schiefzulaufen? Sie hatte ihre Chefin enttäuscht, und das so kurz nachdem sie fest eingestellt worden war. Das durfte ihr nicht noch einmal passieren. Und ohne Mia wäre es ihr noch schlechter ergangen.

»Maja, stimmt was nicht bei dir?«

Lu saß plötzlich neben ihr. Sie hatte sie gar nicht hereinkommen gehört und schrak hoch.

»Ach«, sagte sie, »ich hatte einfach nur einen Scheißtag in der Arbeit.«

Doch Lu ließ nicht locker. Schließlich berichtete Maja, was vorgefallen war.

»Aber das ist doch nicht so schlimm. Wir vergessen alle mal was und es war nur ein Gast von Hunderten, der sich beschwert hat. Da ist heute einfach viel zusammengekommen bei dir in der Arbeit, das ist alles. Lass dich deswegen doch nicht so runterziehen.«

Maja wusste, dass Lu es nur gut meinte und sie auf-
bauen und trösten wollte. Was Lu aber nicht wusste, war,
dass Maja nicht nur heute einen schlechten Tag gehabt
hatte, sondern dass sie sich im Moment wieder an jedem
einzelnen Tag elend fühlte. Einerseits wollte sie, dass Lu
sie verstand, andererseits wusste sie nicht, wie sie ihr erklären könnte, dass es ihr auch an normalen Tagen so
schlecht ging. Also sagte sie nur: »Ja, du hast recht, lass
uns für die Show üben.«

Heute fiel Maja selbst auf, dass die Leggings, die sie zum
Tanzen trug, bei weitem nicht mehr so straff saßen wie
normalerweise. Sie schlabberten mehr an Majas Beinen,
als dass sie ihre Muskeln betont hätten. Sie musste wohl
schon wieder an Gewicht verloren haben. Maja spürte
Lus Blick. Diese sagte aber nichts. Gemeinsam gingen
sie ins Tanzstudio, Lu ging voraus. Und als Maja sie so
vor sich gehen sah, mit ihrer perfekten Figur, fiel ihr ihr
Traum von heute Nacht wieder ein. Sofort zog sich alles
in ihr zusammen.

Lu und Ben. Das ist absurd, versuchte Maja sich selbst
zu beruhigen.

Du hast geträumt, Maja, es war nur ein Traum, dachte
sie. Ja, Lu ist wunderschön, die beiden würden optisch
gut zusammenpassen. Aber sie ist deine beste Freundin.
Beide würden dir das niemals antun. Lu ist jetzt schon so
lange an deiner Seite, du kennst sie in- und auswendig.
Zu so etwas wäre sie nicht fähig. Du spinnst dir da in deinem Kopf etwas zusammen. Es war nicht fair den beiden
gegenüber, überhaupt so etwas zu denken. Gut, du machst
es Ben nicht gerade einfach zurzeit, aber er liebt dich und

auch er wäre dazu nicht im Stande. So versuchte Maja ihre Gedanken zu sortieren und den Traum von heute Nacht zu verdrängen.

Im Studio wurden sie von Mel empfangen. »Auf geht's, ihr beiden, wir haben eine Menge Arbeit vor uns. Es bleibt nicht mehr viel Zeit bis zur Show. Macht euch warm.«

Es stimmte. Es war bereits Frühling und im Sommer würde der große Auftritt stattfinden. Maja wurde ein wenig flau im Magen, aber sie begann mit ihren Aufwärmübungen und versuchte, sich aufs Tanzen zu konzentrieren. Schließlich war es ihre größte Leidenschaft und hatte ihr in der Vergangenheit immer geholfen abzuschalten. Das konnte sie nach einem Tag wie heute mehr als gebrauchen.

Mel, Lu und Maja hatten in den letzten Wochen Majas Idee aufgegriffen. Die Tanzshow sollte die Geschichte des jungen Mädchens erzählen, welches das Studio, das heute Mel gehörte, vor über fünfzig Jahren gegründet hatte. Mit kaum einem Pfennig in der Tasche, aber dem Traum vom Tanzen, den sie mit ihren Mitmenschen teilen wollte.

Maja hatte Lu bei der Vergabe der Hauptrolle freiwillig den Vortritt gelassen. Sie hatte Angst, sich vor so vielen Zuschauern zu blamieren, und wollte deshalb nicht mehr als notwendig im Mittelpunkt stehen. Trotzdem hatte auch Maja in dem Stück eine entscheidende Rolle: Sie verkörperte die Mutter des jungen Mädchens. Diese spricht ihrer Tochter immer wieder Mut zu und hilft ihr durch schwere Zeiten hindurch und über viele Hindernisse hinweg.

Das Stück begann mit klassischen Ballettszenen und

wurde im Verlauf immer moderner. Mit Jazzdance, Hip-Hop und Streetdance wollten Maja und Lu auch das junge Publikum begeistern.

»Ich habe mir gedacht, heute sehen wir uns die Szene mal genauer an, in der das junge Mädchen weinend nach Hause kommt und von seiner Mutter getröstet und motiviert wird, nicht aufzugeben«, sagte Mel.

Auch das noch, dachte Maja.

Zu Beginn der Szene waren ihre Ballettkünste gefragt. Sie sollte bei sehr ruhiger Musik im Tanz ihr Mitgefühl für Lu, ihre Tochter, ausdrücken. Dann wurde die Musik schneller und ging in ein modernes Lied über. So auch Majas Tanz. Er sollte ihre Tochter motivieren und mitreißen, ihr quasi Mut zusprechen, ihre Träume nie aufzugeben, wie steinig der Weg auch sein mochte und wie viele Hindernisse ihr auch immer in den Weg gelegt wurden.

Die Szene verlangte Maja ihr ganzes Können ab. Vor allem aber auch schauspielerische Leistung.

Lu hingegen musste in dieser Szene nur ein paar Tanzschritte mit Maja gemeinsam ausführen.

»Eins, zwei, drei, Step, zwei, zwei, drei, Step ... Maja, ein bisschen mehr Konzentration, wenn ich bitten darf!«, rief ihr Mel entgegen.

Maja verwechselte die Schritte. Sie versäumte die Tempowechsel. Sie war nicht bei der Sache.

Lu und Mel merkten das.

»Maja, was ist denn los mit dir?«, fragte Lu ungeduldig. »Beim letzten Mal hat das doch perfekt geklappt.«

Maja versuchte es erneut.

»Eins, zwei, drei, Step, zwei, zwei, drei, Step, Drehung,

Wechselschritt und … Stopp, stopp, stopp, Maja. So funktioniert das nicht. Du bist nicht bei uns.«

»Es tut mir leid, Mel«, entgegnete Maja. »Ich hatte einen echt miesen Tag.«

»Den haben wir alle mal, das ist keine Ausrede«, antwortete Mel barsch. »Los, jetzt konzentrier dich.«

Aber es wurde nicht besser. Maja konnte sich die Schritte nicht merken. Sie verlor immer wieder das Gleichgewicht. Sie fühlte sich, als hätte sie plötzlich das Tanzen verlernt.

»Ich glaube, wir lassen es für heute gut sein, Mel«, sagte Lu, als sie merkte, dass es Maja immer schlechter ging. Maja war ihr sehr dankbar.

»Hm, na gut, aber Maja, bitte übe zu Hause, damit wir das nächste Mal nicht wieder von vorne anfangen müssen.«

Maja nickte nur.

In der Umkleidekabine sprachen sie nicht viel miteinander. Maja war unglaublich frustriert, da ihr nicht mal mehr das Tanzen Spaß machte, obwohl sie es doch so sehr liebte.

Lu ahnte davon nichts. Sie glaubte, dass Maja wegen der Vorkommnisse in der Arbeit heute so schlecht drauf war.

Erst als die beiden sich langsam auf den Nachhauseweg machten, sprach Lu noch ein Thema an: »Maja, ich weiß, es ist alles ein bisschen viel zurzeit, aber denkst du, du könntest dich noch um das Catering für die Show kümmern? Ich habe bereits so viele Themen an der Backe und muss mich jetzt dringend um Werbeplakate und Flyer und solche Sachen kümmern. Wäre das in Ordnung für dich?« Maja hingegen hatte gar nicht richtig zugehört und sagte einfach nur: »Ja klar, mach ich.«

Aber noch als Maja dies ausgesprochen hatte, wanderte der Gedanke an das Catering für die Show schon irgendwo ganz nach hinten in ihrem Kopf. Sie hatte nur noch eines im Sinn: Das muss aufhören!

Sie bemühte sich doch so sehr, raffte sich auf. Aber nichts half. Jetzt schaffte sie es nicht mal mehr, sich Schritte zu merken. Ihr Körper fühlte sich an, als gehörte er nicht zu ihr. Das war alles falsch.

Maja kam nach Hause und zog nicht mal ihre Jacke aus. Sie hatte keine Kraft mehr. Sie weinte und schmiss sich direkt aufs Sofa. Dort zog sie sich eine Decke über den Kopf. Buddy legte sich neben sie. Maja weinte und weinte. Da war er wieder. Dieser Druck auf ihrer Brust. Er schien sie zu zerreißen. Sie wollte schreien, irgendetwas kaputt machen. Doch dazu fehlte ihr die Kraft. Also schluchzte und weinte sie weiter. Auf dem Kissen, auf dem sie lag, hatte sich inzwischen ein großer nasser Fleck gebildet. Maja war kalt, trotz Jacke und Decke. Sie zitterte am ganzen Körper.

Das macht alles keinen Sinn, ging es ihr ständig durch den Kopf.

Als Ben nach Hause kam, nahm er an, dass Maja vom Tanztraining erschöpft und deshalb noch komplett angezogen auf der Couch eingeschlafen war. Er zog ihr die Jacke aus und trug sie ins Bett.

Im Halbschlaf bekam Maja mit, wie er ihr einen Kuss auf die Stirn gab, bevor er selbst sich neben sie legte.

Er ist einfach viel zu gut für mich, dachte Maja.

Doch in diesem Moment kam ihr plötzlich noch etwas ganz anderes in den Kopf. Morgen war der zweite April. Das hieß, morgen war Bens Geburtstag. So ein Mist. Sie hatte nicht dran gedacht. Sie war viel zu sehr mit sich selbst beschäftigt gewesen. Damit, warum es ihr so schlecht ging, mit ihrer Arbeit, mit der Tanzshow. Wie konnte ihr das nur passieren? Maja schämte sich ins Unermessliche. Am liebsten wäre sie aufgesprungen und losgerannt, um noch ein Geschenk zu kaufen oder einen Kuchen zu backen, damit sie Ben morgen früh zumindest eine kleine Freude machen und er die Kerzen auspusten konnte. Aber es würde auffallen, wenn sie jetzt aufstehen würde. Also lag sie die halbe Nacht wach. Sie überlegte, was sie morgen noch kurzfristig für Ben organisieren konnte. Sie hasste sich dafür. Ihre Schuldgefühle waren so groß, dass sie in dieser Nacht kaum ein Auge zutun konnte.

Es war Majas Glück, dass Ben am nächsten Morgen genauso früh in die Arbeit gefahren war wie an einem normalen Tag. Sie tat so, als hörte sie ihn nicht, als schliefe sie noch. Majas schlechtes Gewissen ließ sie an diesem Tag leichter aufstehen. Sie konnte nicht hier rumliegen, während Ben Geburtstag hatte. Also zog sie sich schnell ihre Trainingsjacke über, schnappte sich Buddy und ging mit ihm Gassi. Währenddessen schrieb sie eine Nachricht an ihre Freunde: »Hallo, ihr Lieben, ich weiß, es ist etwas kurzfristig, aber bitte kommt doch alle heute Abend um zwanzig Uhr ins Oldtown. Dort werden wir Bens Geburtstag ein wenig feiern. Grüße, Maja.«

Hoffentlich haben so kurzfristig ein paar Leute Zeit, ging es Maja durch den Kopf.

So schnell war sie die Runde mit Buddy noch nie gegangen. Zu Hause hüpfte sie unter die Dusche, war in Rekordzeit fertig angezogen und fuhr mit dem Rad in die Arbeit. Selbst Buddy schien überrascht über ihre Geschwindigkeit heute Morgen. Er hatte es sich nach dem Spaziergang gerade wieder in seinem Korb bequem gemacht, als Maja ihn zum Losgehen rief.

Im Büro war noch kaum etwas los. Nur Mia saß wie üblich schon an ihrem Schreibtisch. Auch sie war sichtlich überrascht, als sich Maja ihr gegenüber setzte.

»Oh, hey. Was machst du denn heute schon hier?«

»Guten Morgen. Ben hat heute Geburtstag und ich hatte gehofft, wenn ich ein wenig früher anfangen würde, könnte ich auch am Abend früher nach Hause, um mit ihm Geburtstag zu feiern und vorher noch ein paar Dinge zu erledigen.«

Mia kräuselte die Stirn.

»Ich fürchte, daraus wird nichts, Maja«, entgegnete sie. »Jessica hat sich für heute krankgemeldet. Du musst wohl ihre Stadtführung am Nachmittag übernehmen.«

»Oh Mist, das kann doch wohl nicht wahr sein«, fluchte Maja laut.

»Aber vielleicht lässt Lydia die Führung ja auch einfach ausfallen«, versuchte Mia sie zu beschwichtigen.

Das glaubte Maja kaum. Jessica war die Einzige, die neben Maja Stadtführungen gab, und dass Lydia eine Führung komplett absagte, dafür musste es schon aus Eimern gießen.

Maja sollte recht behalten. Als sie ihr Postfach öffnete, hatte sie bereits eine Mail von Lydia. Nach allem, was sie in letzter Zeit verbockt hatte, traute sich Maja nicht, etwas zu entgegnen. Sie brauchte also einen Plan B. Kuchen backen und Geschenk besorgen, bevor Ben nach Hause kam, würde nichts werden.

»Was machen wir denn jetzt?«, sagte sie zu Buddy, der es sich neben ihr bequem gemacht hatte. Der blickte sie nur mit großen Augen an. Aber da kam ihr eine Idee. Sofort rief sie im Oldtown an. Die Stimme am anderen Ende der Leitung kannte sie.

»Café Oldtown, Sie sprechen mit Tim.«

»Oh, äh, hi, Tim«, antwortete Maja. Warum war sie denn plötzlich so verlegen?

»Hey, Maja, was verschafft mir die Ehre so früh am Morgen?«, entgegnete Tim neckisch.

»Tim, könntest du bitte für meine Freunde und mich einen Tisch heute Abend bei euch reservieren?«

»Wie viele Plätze braucht ihr denn?«

Das war eine gute Frage. Maja wusste es nicht, da sie die Antworten ihrer Freunde noch nicht hatte. Also sagte sie einfach mal: »Zehn«, in der Hoffnung, dass einige Leute zusagen würden.

»Puh, heute ist Freitag. Eigentlich sind wir ziemlich ausgebucht. Ich weiß nicht, wo ich eine so große Gruppe noch unterbringen soll«, sprach Tim in den Hörer.

Das durfte doch alles nicht wahr sein. Maja versuchte es mit der Wahrheit.

»Bitte, Tim, es ist Bens Geburtstag und ich habe es vermasselt, etwas zu organisieren.«

»Okay, Maja, ich rufe dich in einer Stunde zurück, vielleicht kann ich da was hinbiegen.«

»Danke, Tim, vielen, vielen Dank.«

Maja legte auf. Hoffentlich würde das klappen.

In der Arbeit schaffte sie an diesem Vormittag mal wieder kaum etwas. Sie war viel zu sehr in Gedanken an Bens Geburtstag. Sie benötigte dringend noch ein Geschenk, würden ihre Freunde zusagen für heute Abend?

Nach und nach erhielt sie Antworten. Lu, Finn und Clarissa würden dabei sein. Und auch von dem erweiterten Freundeskreis kamen ein paar Zusagen. Maja war erleichtert. Pünktlich eine Stunde später rief Tim sie zurück. Er hatte einen Tisch organisieren können. Doch Maja hatte noch eine weitere Bitte.

»Könntet ihr für Ben noch einen Kuchen backen, mit Kerzen drauf?«

»Maja, alle Kuchen für heute sind bereits vorbereitet. Das kann ich von unseren Konditoren nicht verlangen.«

»Hm, okay, war nur eine Idee«, meinte Maja geknickt.

»Tut mir leid«, antwortete Tim.

»Bis später.«

Wenn es schon keinen Kuchen für Ben gab, dann musste Maja jetzt zumindest dringend ein Geschenk organisieren. Sie zerbrach sich den halben Vormittag den Kopf darüber. Bis sie auf ihrem Bildschirm eine Werbeanzeige entdeckte: »Last-minute-Reisen, jetzt kostengünstig buchen. Ihr Reisebüro in der Innenstadt.«

Das war die Idee. Ben liebte es, zu reisen. Also ging Maja, zusammen mit Buddy, in der Mittagspause direkt in das Reisebüro in der Innenstadt. Das passte gut, denn im Anschluss sollte sie gleich die Stadtführung geben. Im Reisebüro war ziemlich viel los. Die mussten wohl alle die

Werbeanzeige gelesen haben. Maja wurde immer nervöser, je länger sie warten musste. Auf keinen Fall durfte sie zu spät zur Führung kommen.

»Hören Sie, ich habe es wirklich eilig«, war das Erste, was Maja der Dame im Reisebüro sagte.

Diese war nicht sehr freundlich.

»Ja, das sagen sie alle«, entgegnete sie barsch. Maja ignorierte das.

»Ich würde gerne ein Wochenende mit meinem Partner buchen. Es sollten ein paar Tage voller Aktion werden und am besten outdoor«, gab Maja hektisch von sich.

Wollte sie das wirklich? Sie war ja weniger der Typ für solche abenteuerreichen Ausflüge.

Doch hier ging es um Ben. Es gab so viel Auswahl, Maja konnte sich kaum entscheiden.

Nach einer gefühlten Ewigkeit hatte sie dann ein Wochenende in den Bergen mit Mountainbiking, Klettern und Bungee-Jumping gebucht.

Sie stopfte die Unterlagen hierfür in ihre Tasche und hastete los. Würde sie es noch rechtzeitig zur Stadtführung schaffen?

Eine Minute vor ein Uhr traf sie am Sammelpunkt ein. Die meisten ihrer Gäste waren schon da. Es konnte losgehen. Der Nachmittag zog sich hin. Fast hätte sie noch vergessen, auch Ben Bescheid zu geben, dass er um acht ins Oldtown kommen sollte. Sie kombinierte es mit einer süßen Geburtstagsnachricht und er war natürlich mit von der Partie.

Als dieser hektische Arbeitstag zu Ende war, hetzte Maja kurz nach Hause, um sich umzuziehen. Ben würde direkt ins Oldtown kommen. Maja wollte ein paar Minuten früher dort sein, um sich zu vergewissern, dass das mit dem Tisch auch geklappt hatte.

Dort angekommen, war Maja überwältigt. Das mit dem Tisch hatte nicht nur geklappt, sondern Majas Erwartungen wurden bei weitem übertroffen. Tim hatte einen Tisch weit hinten im Café etwas abseits von den anderen Gästen reserviert. Über dem Tisch hingen Luftballons und große Girlanden mit der Aufschrift »Happy Birthday«. Völlig verdattert merkte Maja gar nicht, dass Tim hinter ihr stand.

»Gefällt es dir?«

Aus ihrem Staunen gerissen, drehte sie sich um.

»Es ist, wow, ich weiß nicht, was ich sagen soll. Es ist toll! Vielen, vielen Dank!«

»Am Nachmittag war wenig los, also hatte ich Zeit, ein wenig zu dekorieren«, erklärte Tim.

Maja war sprachlos. Noch jemand, in dessen Schuld sie stand. Mia hatte ihr in der Arbeit schon so oft aus der Patsche geholfen und jetzt auch noch Tim.

Auch für Buddy stand schon ein Napf mit Wasser bereit und langsam trudelten ihre Freunde ein. Als Ben kam, stimmten alle ein fröhliches »Happy Birthday to you« an und Tim brachte ein kleines Törtchen mit einer Kerze darauf.

»Danke«, formte Maja unauffällig mit ihren Lippen in Richtung Tim. Der zwinkerte ihr nur zu und grinste sein schelmisches Grinsen.

Es war ein netter Abend, alle unterhielten sich angeregt und Ben war total begeistert von Majas Geburtstagsgeschenk. Völlig fertig, aber erleichtert, genehmigte sich auch Maja an diesem Abend zwei Gläser Wein. Und es tat ihr gut. Mit jedem Schluck merkte sie, wie sie lockerer wurde. Alles fühlte sich leichter an. Es war, als würde sich mit jedem Schluck der Knoten in ihr ein Stück weit lösen. Was sich vor einer halben Stunde noch unglaublich anstrengend angefühlt hatte, schien ihr jetzt ganz weit weg. Und von ihrer Erschöpfung merkte sie kaum noch etwas. Stattdessen quatschte und lachte Maja mit ihren Freunden und fragte sich, wann sie das letzte Mal so viel Spaß gehabt hatte. Die alte Maja schien wieder ein wenig hervorzukommen.

Das Oldtown schloss um ein Uhr morgens, aber niemand wollte nach Hause. Tim war die ganze Zeit da gewesen und hatte ein Auge darauf gehabt, dass es den Gästen an nichts mangelte. Maja fragte sich, ob er wohl immer so lange arbeitete, er war ja schließlich heute Morgen schon im Café gewesen, als sie dort angerufen hatte.

Ben hatte die Idee, noch in einen naheliegenden Club weiterzuziehen. Begeistert war Maja nicht, aber sie wollte ihm heute auf keinen Fall einen Wunsch abschlagen.

Allerdings musste sie vorher Buddy nach Hause bringen. In den Club konnte sie ihn nicht mitnehmen.

»Ich komme dann gleich nach«, sagte sie zu Ben.

»Du bist die beste Freundin der Welt«, erwiderte Ben schon etwas angetrunken.

Maja brachte Buddy in die Wohnung. Es fiel ihr wie immer schwer, ihn alleine zu lassen.

»Wir sind bald wieder zurück, ja, mein Hübscher?«

Buddy schien auch nicht alleine bleiben zu wollen. Er setzte wieder seinen treuesten Hundeblick auf.

»Jetzt mach es mir doch nicht so schwer. Es ist doch nur für ein paar Stunden«, sagte Maja zu ihm.

Daraufhin tapste er zu seinem Korb und machte es sich darin bequem. Sein Blick sprach allerdings Bände. Maja musste sich überwinden, noch mal nach draußen und zu den anderen in den Club zu gehen. Für den Weg dorthin brauchte sie nur zehn Minuten. Aber in diesen zehn Minuten schien die frische Luft den Alkohol aus ihrem Körper zu verjagen. Mit jedem Schritt verspürte Maja weniger Lust, noch dorthin zu gehen.

»Tu es Ben zuliebe«, redete sie sich immer wieder ein. Doch ihre Stimmung kippte mehr und mehr. Als sie um die Ecke bog, sah sie einen Krankenwagen vor dem Gebäude stehen, in dem sich der Club befand. Sie dachte sich nicht viel dabei, zahlte Eintritt und betrat den Club. Dieser war ziemlich voll und sie versuchte, sich durch die Menge bis an die Bar zu kämpfen. Da kam ihr Clarissa entgegen.

»Maja, gut, dass du da bist«, schrie Clarissa. Sie wirkte durcheinander.

»Warum, was ist los?«, fragte Maja sorgenvoll. »Wo sind die anderen?«

»Die sind alle bei Finn. Er ist an der Bar einfach zusammengeklappt.«

»Wie, einfach zusammengeklappt? Gab es eine Schlägerei oder hatte er zu viel getrunken? Clarissa, jetzt sag doch endlich!« Maja wurde ungeduldig. Sie machte sich große Sorgen um die anderen.

»Maja, wir wissen es nicht. Ich stand neben ihm, bestellte beim Barkeeper gerade die nächsten Drinks, und als ich Finn seinen reichen wollte, war er nicht mehr da. Er lag plötzlich auf dem Boden neben mir. Er war einfach weggekippt. Er war bewusstlos. Ich schrie um Hilfe. Sofort rief jemand den Notarzt. Er ist bis jetzt noch nicht wieder ansprechbar. Wir wissen nicht, was los ist.«

Maja versuchte sich zu erinnern, ob Finn mehr getrunken hatte als alle anderen. Hatte er eine Alkoholvergiftung? Das hätten sie doch bemerken müssen, wenn er so betrunken gewesen wäre.

Eine Stimme riss sie aus ihren Gedanken.

»Clarissa, Maja, wir nehmen uns ein Taxi ins Krankenhaus.« Es war Ben. »Kommt ihr mit?«

»Natürlich«, sagten die beiden wie aus einem Mund.

Da sahen sie, wie die Sanitäter Finn auf einer Trage aus dem Club schoben. Auf seinem Gesicht befand sich eine Sauerstoffmaske. Einer der Sanitäter hielt eine Infusion und lief neben der Trage her. Bei dem Anblick lief es Maja eiskalt über den Rücken. Sie kannte Finn schon so lange. Es durfte einfach nichts Schlimmes sein.

Als die vier im Krankenhaus ankamen, waren Finns Eltern bereits da. Es brach Maja das Herz, sie so sorgenvoll zu sehen.

»Wie geht es ihm?«, flüsterte Maja.

»Er ist immer noch nicht bei Bewusstsein«, erklärte Finns Vater.

»Die Ärzte machen jetzt alle möglichen Untersuchungen«, ergänzte seine Frau.

Und so warteten sie die ganze Nacht auf Neuigkeiten. Maja kam es vor wie Tage. Dann fiel ihr ein, dass sich jemand um Buddy kümmern musste. Sie rief ihre Eltern an, die sich sofort bereiterklärten, Buddy heute zu sich zu nehmen.

Das Warten war unerträglich. Sie sprachen alle kaum ein Wort miteinander. Jeder hing seinen eigenen Gedanken nach und starrte an die weiße Wand.

Gegen sieben Uhr morgens, Maja hatte gerade Kaffee vom Kiosk für alle geholt, kam ein Arzt auf sie zu.

»Herr und Frau Johannson?«, fragte dieser.

Sofort sprangen Finns Eltern auf und gingen auf den Arzt zu.

»Was ist mit unserem Sohn?«

In der Stimme von Frau Johannson konnte man ihre Angst noch deutlicher erkennen als an ihrem Gesichtsausdruck.

»Das können wir noch nicht mit Sicherheit sagen«, sprach der Arzt mit ruhiger Stimme.

»Wollen Sie mit in mein Büro kommen? Dort sind wir ungestörter.«

Er blickte in Richtung Maja und ihrer Freunde.

»Das ist nicht nötig«, entgegnete Finns Vater. »Das sind Finns Freunde. Sie möchten mit Sicherheit auch wissen, wie es ihm geht.«

Maja, Ben, Lu und Clarissa waren unglaublich dankbar dafür. Auch sie konnten es nicht länger ertragen, so im Dunkeln zu stehen.

»Hm, nun gut, wenn das Ihr Wunsch ist«, sagte der Arzt mit gerunzelter Stirn und schien nicht sehr froh darüber zu sein.

»Bitte setzen Sie sich.« Der junge Arzt nahm gegenüber von Maja und ihren Freunden Platz. Auch er wirkte ziemlich müde. Maja fragte sich, wie lange seine Schicht wohl schon andauerte.

Finns Eltern setzten sich neben den Arzt. Dabei hielt Finns Vater die Hand seiner Frau ganz fest.

»Der Zustand Ihres Sohnes ist aktuell stabil. Das heißt, er ist im Moment außer Lebensgefahr.«

Finns Mutter atmete zum ersten Mal erleichtert auf.

»Aber warum ist er zusammengebrochen? Hat er zu viel getrunken?«, hakte Finns Vater nach.

»Der Alkohol hat an diesem Abend mit Sicherheit dazu beigetragen, dass Ihr Sohn einen Zusammenbruch erlitten hat. Das ist allerdings nicht die Ursache für seinen schlechten Zustand.«

»Aber was hat mein Sohn dann?«, fragte Finns Mutter ungeduldig.

»Wie ich schon sagte, können wir das noch nicht mit hundertprozentiger Sicherheit sagen. Ein paar Untersuchungen stehen noch aus.«

»Aber Sie müssen doch eine Vermutung haben?« Jetzt wurde auch Finns Vater ungeduldig.

Es fiel dem Arzt sichtlich schwer, mit der Wahrheit herauszurücken. Dabei musste er doch solche Situationen fast täglich erleben, dachte sich Maja.

»Wir vermuten bei Ihrem Sohn ein Bronchialkarzinom«, erklärte der Arzt in ruhigem Ton.

»Was bedeutet das?«, hakte Ben sofort ein.

»Das bedeutet Lungenkrebs.«

Die Welt schien stillzustehen. Maja versuchte zu begreifen, was der Arzt da eben ausgesprochen hatte. Finns Mutter brach in Tränen aus.

»Mein Sohn, nein, das kann nicht sein … das darf nicht …«, murmelte sie vor sich hin.

Ihr Mann nahm sie in den Arm. Keiner traute sich, etwas zu sagen, also fuhr der Arzt fort.

»Wir können noch nicht genau sagen, um welche Art von Krebs es sich handelt und in welchem Stadium er sich befindet. Hierfür sind noch weitere Tests notwendig, die wir durchführen werden, sobald sich Finn wieder ein wenig erholt hat. Danach ist es allerdings umso wichtiger, sofort mit einer entsprechenden Therapie zu beginnen.«

»Welche Therapie?«, fragte Finns Vater.

»Es kann sein, dass wir operieren müssen oder eine Chemo- oder Strahlentherapie notwendig sein wird.«

Finns Mutter schluchzte noch lauter. Maja konnte sehen, wie Lu leise die Tränen über die Backen rollten.

»Ich schlage vor, Sie gehen jetzt erst einmal zu Ihrem Sohn«, sagte der Arzt zu Finns Eltern.

»Ihr könnt leider nicht alle mit«, wandte er sich an Maja und ihre Freunde. »Das wäre zu viel für den Anfang.« Die vier nickten nur.

Finns Eltern folgten dem Arzt aus dem Wartebereich hinaus.

Da die vier Freunde im Moment nicht mehr tun konnten, fuhren sie nach Hause. In Majas und Bens Wohnung warteten Majas Eltern mit Buddy. Auch sie waren schockiert, als sie von der schlechten Nachricht erfuhren.

Da Samstag war und Ben und Maja die ganze Nacht wach gewesen waren, legten sie sich beide auf die Couch, Buddy ebenfalls. Er war Maja gerade ein Riesentrost. Ben hingegen hatte die ganze Zeit über kaum ein Wort gesprochen.

»Ben, ich weiß, das ist jetzt eine blöde Frage, aber ist alles okay mit dir?«, fragte Maja vorsichtig.

»Ich kann es einfach nicht begreifen, Maja. Vor ein paar Stunden war alles noch in Ordnung. Und jetzt? Finn hat sein ganzes Leben noch vor sich.«

In Bens Stimme schwang Verzweiflung mit.

»Er wird wieder gesund«, probierte es Maja mit einem schwachen Trostversuch.

»Das wissen wir nicht.«

»Aber wir können daran glauben«, versuchte sie es erneut.

Darauf antwortete Ben nicht mehr und zog sich die Decke über den Kopf. Maja konnte mehr als nur nachvollziehen, wie er sich fühlte. Die beiden waren im gleichen Alter. Beide waren voller Lebensfreude, abenteuerlustig und hatten große Pläne. Doch Finns Pläne waren jetzt erst einmal auf Eis gelegt. Niemand konnte wissen, ob und wie er diese Krankheit überstehen würde.

Beim nächsten Gedanken erschrak Maja: Es hätte genauso gut Ben treffen können, schwirrte es ihr im Kopf herum. Schnell versuchte sie, diesen schrecklichen Gedanken beiseitezuschieben.

Sie dachte an Finn und seine Eltern im Krankenhaus und wie Finn wohl die Nachricht aufnehmen würde. Es tat ihr so leid und die Tränen flossen ihr über die Wangen. Sie schmiegte sich näher an Buddy und schlief völlig erschöpft ein.

Als Maja ein paar Stunden später aufwachte, war es

mitten am Nachmittag. Sie fühlte sich schrecklich und fragte sich kurz, ob sie alles nur geträumt hatte.

Ben war nicht da. Er hatte ihr einen Zettel hinterlassen, dass er es nicht mehr ausgehalten habe und ins Krankenhaus gefahren sei. Maja konnte das verstehen, allerdings war sie ein wenig traurig darüber, dass er sie nicht mitgenommen hatte.

So alleine zu Hause wusste sie nicht, was sie mit sich anfangen sollte. Sie saß einfach nur auf der Couch und streichelte gedankenverloren über Buddys Fell. Dann ließ sie den gestrigen Abend noch einmal Revue passieren, und je mehr Bilder von gestern wieder vor ihrem Auge erschienen, umso schlechter ging es ihr. Finn, als er da so auf der Trage lag, mit einer Sauerstoffmaske und einer Infusion. Mit jedem Gedanken ging es auch Maja wieder schlechter. Sie fühlte sich elend. Sie wusste, dass sie eigentlich aufstehen müsste, damit es nicht schlimmer wurde. Aber sie schaffte es nicht. Sie ließ sich zurück auf die Couch fallen, zog die Decke über den Kopf, doch die Gedanken hörten nicht auf zu kreisen. Finn war derjenige, der jetzt mit Krebs fertigwerden musste. Sein Leben lag in Scherben. Diese schreckliche Nachricht verstärkte auch Majas schlechten Gemütszustand noch mehr.

Am Abend, als Ben nach Hause kam, hatte er keine guten Neuigkeiten:

»Sie müssen ihn operieren und er muss eine Chemotherapie machen«, erklärte Ben mit gesenktem Kopf.

»Was, warum denn beides?«, fragte Maja sichtlich verwirrt. »Wenn sie den Tumor mit einem Eingriff entfernen können, warum soll er dann noch eine Chemotherapie machen?«

»Die Ärzte wollen sichergehen, dass alle Krebszellen entfernt beziehungsweise vernichtet werden. Sie können nicht ausschließen, dass der Krebs schon gestreut hat.«

»Das ist ja schrecklich.« Maja war erneut den Tränen nahe. »Ich will zu ihm«, sagte sie.

»Das geht jetzt nicht. Die wollen so schnell wie möglich operieren. Vielleicht sogar heute Nacht noch«, entgegnete Ben.

»Aber ich kann doch nicht hier rumsitzen und nichts tun«, sprach Maja verzweifelt.

»Uns bleibt nichts anderes übrig«, sagte Ben verbittert.

Kapitel 11 – Sichtbarer Schmerz

Drei Tage nach der OP durften sie Finn endlich besuchen. Maja fuhr mit Ben ins Krankenhaus. Ihr war mulmig zumute. Was sollte sie sagen? Was durfte sie auf keinen Fall sagen?

Sie mochte den Geruch nicht, den Krankenhäuser verströmten. Sie mochte die ganze Atmosphäre darin nicht. Am liebsten wäre sie wieder umgedreht. Aber sie wollte unbedingt zu Finn.

»Dritter Stock, Zimmer 165«, sagte die freundliche Dame unten am Empfang.

Mit jeder Treppenstufe nach oben ging es Maja schlechter. Was würde sie gleich erwarten? Auch Ben sagte nicht viel. So wie in den letzten Tagen hatte sie ihn noch nie erlebt. Er war still geworden und nachdenklich. Vor Zimmer 165 hielten beide kurz inne, dann klopfte Ben an die Tür. Drinnen war nichts zu hören, also traten sie ein. Maja hätte Finn fast nicht erkannt. Er sah schlecht aus. Fast so blass wie seine weiße Bettdecke. Maja kam es vor, als hätten sie die Lebensfreude aus Finn ausgesaugt, wie er so dalag.

Zumindest lächelte er ein wenig, als er die beiden sah.

»Hey ihr«, sagte er mit schwacher Stimme.

»Hey!«, war alles, was Maja zustande brachte.

»Hey, Alter, du siehst ziemlich scheiße aus«, witzelte Ben. Das war sichtlich ein Versuch, Finn aufzuheitern.

»Danke, ich weiß«, sagte Finn und Maja konnte etwas von seinem früheren Lächeln in seinen Gesichtszügen wahrnehmen.

Maja sah sich im Zimmer um. Finn hatte zwei Zimmer-genossen. Genau wie er waren sie ebenfalls an Infusionen angeschlossen. Sie sahen nicht besser aus. Im Gegenteil.

»Die haben alle das Gleiche wie ich«, sagte Finn, der Majas Blick gefolgt war.

»Oh, okay.« Mehr konnte Maja nicht sagen. Sie wollte sich ihre Unsicherheit nicht allzu sehr anmerken lassen, also fügte sie hinzu: »Wie geht es dir?« Sie hatte keine Ahnung, ob das das Richtige war, aber sie wusste nicht, was sie sonst sagen sollte.

»Ging mir schon mal besser, aber hey, ich lebe noch«, versuchte auch Finn die Situation ein wenig zu entspannen.

»Jetzt weiß ich zumindest, warum dieser Husten nicht wieder wegging«, sagte er. Und auch Maja erinnerte sich. Finn hatte an dem Wochenende, als sie Skifahren gewesen waren, immer wieder stark gehustet.

»Wir dachten, du seist erkältet«, sagte Maja.

»Das dachte ich auch«, entgegnete Finn. »Im Nachhinein hat dieser Husten allerdings viel zu lange angedauert für eine Erkältung.«

»Hätte das denn etwas geändert, wenn sie es früher bemerkt hätten?«, fragte Maja.

»Ja, schon. Aber dann hätten wir es noch viel früher erkennen müssen. Nicht erst, als der Husten eingesetzt hat. Da war der Krebs schon ziemlich fortgeschritten«, erklärte Finn.

»Es tut mir so leid.« Maja war wieder den Tränen nahe. Sie wünschte sich, Finn würde jetzt einfach aufstehen und mit ihnen aus dem Krankenhaus marschieren. Und das alles wäre nie passiert. Aber das hier war die Realität. Die harte Realität, die jeden Tag passierte.

In der nächsten Stunde erklärte ihnen Finn, wie es jetzt weiterging mit der Chemo und was die Ärzte gesagt hatten. Für Maja machte Finn den Eindruck, als sei er relativ gefasst. Das bewunderte sie sehr. Sie konnte sich nicht vorstellen, wie sie selbst auf so eine schreckliche Nachricht reagiert hätte.

In den nächsten Wochen waren Maja und ihre Freunde oft im Krankenhaus. Sie wollten Finn bei seiner Chemotherapie beistehen. Die Chemo setzte ihm ziemlich zu. Er wurde von Tag zu Tag dünner. Er konnte kaum noch etwas essen beziehungsweise bei sich behalten. Die Ärzte verabreichten ihm die meisten Nährstoffe über Infusionen.

Auch an diesem Tag musste er sich vor den Augen seiner Freunde in einen Eimer erbrechen. Es war ein schlimmer Anblick. Der sonst so lebensfrohe Finn hatte kaum noch Kraft, war schwach und ausgemergelt. Die Haare fielen ihm aus. Es ging ihm sichtbar schlecht.

Sichtbar. Alle sehen, dass es ihm schlecht geht. Bei diesem Gedanken erwischte sich Maja häufiger in letzter Zeit. Sie versuchte immer wieder, ihn zu verdrängen, da er ihr falsch erschien. So durfte sie nicht denken. Aber sie konnte den Gedanken einfach nicht aus ihrem Gehirn verbannen. Alles drehte sich um Finn. Jeder bemitleidete, jeder kümmerte sich um ihn. Und das war auch richtig so.

Warum konnte niemand sehen, wie schlecht es ihr ging? Warum sie oft stundenlang wach lag und es am Morgen kaum schaffte, aufzustehen. Warum sie sich in der Arbeit nicht mehr konzentrieren konnte. Maja hasste sich dafür, wenn sie sich bei diesen Gedanken erwischte. Und doch konnte sie sie nicht abstellen.

Warum sah niemand, warum sie kaum noch Appetit hatte, obwohl sie keinen Krebs hatte und keine Chemotherapie machen musste.

Warum sie oft aus ihrem Körper rauswollte, obwohl dieser nicht von Krebszellen infiziert war.

Warum sie sich oft nach Normalität sehnte, wie es auch Finn tat.

Warum sie oft Angst vor der Zukunft hatte, genau wie Finn, obwohl sie doch gesund war.

Warum sie oft das Gefühl hatte, andere zu belasten, genau wie Finn oft zu ihnen sagte, dass er sie mit seiner Krankheit nicht belasten wolle und dass sie ihr Leben weiterleben sollten.

Warum sie wie Finn Angst hatte, dass auf einen guten Tag wieder ein schlechter folgen würde.

Warum sie wie Finn Angst hatte, dass es nie aufhören würde. Dass sie nie aufhören würde, sich so schlecht zu fühlen.

Warum sie wie Finn Angst hatte, dass alle ihre Freunde eine tolle Zukunft vor sich hatten, nur sie würde es nicht hinbekommen.

Sie schämte sich so sehr, was war nur los mit ihr? Finn war derjenige, der jede Aufmerksamkeit verdient hatte. Nicht sie. Es ging ihr doch gut. Sie hatte alles, was sie brauchte, und sie war gesund. Wie konnte sie nur so etwas denken?

Um sich abzulenken, ging sie los und holte Wasser für

Finn und Kaffee für ihre Freunde. Auf dem Weg zurück stieß sie fast mit Tim zusammen.

»Entschuldigen Sie«, sagte dieser geistesabwesend.

»Hey, Tim. Was machst du denn hier?«, fragte Maja und Tim war sichtlich verwirrt, dass jemand ihn beim Namen genannt hatte.

»Ich habe nur meine Mutter besucht«, antwortete er. »Aber ich muss jetzt auch gleich weiter. War schön, dich zu sehen.«

Und weg war er. Maja war verwirrt. So war Tim doch sonst nicht. Normalerweise hätte er einen lockeren Spruch gebracht und sich mit ihr unterhalten. So knapp angebunden hatte sie ihn noch nie erlebt. Warum war seine Mutter auch im Krankenhaus? Maja sah auf das Schild neben ihr an der Wand. Dort stand »Zentrum für psychische Gesundheit«. Von dort war Tim gekommen.

Maja wandte sich in die andere Richtung und brachte ihren Freunden die Getränke.

Maja war oft im Krankenhaus bei Finn. Und sie verglich seinen Zustand immer mehr mit ihrem. Sie wurden beide dünner. Sie hatten keinen Appetit. Sie hatten ein Problem mit ihrem Körper. Sie hatten Angst, allein zu sein, denn sie wussten, dass es keiner, der nicht schon einmal so eine Krankheit durchgemacht hatte, auch nur ansatzweise verstehen konnte, wie sie sich fühlten. Sie hatten das Gefühl, anders zu sein. Die Trägheit, die ihre Krankheit auslöste, lähmte sie. Sie fühlten sich oft überfordert mit der Situation. Es war einfach ein schreckliches Gefühl. Als ob sie beide nicht glücklich sein durften. Nur im Gegensatz zu Finn bekam es bei Maja niemand mit.

Keiner konnte wissen, wie Maja fühlte. Wie sollten sie auch? Sie konnte nicht darüber reden. Es ging ihr eh schon schlecht genug mit dem Gedanken, dass sie sich mit Finn verglich, obwohl er Krebs hatte und ihr ja eigentlich nichts fehlte.

Sie schämte sich dafür, dass sie vielleicht auch so oft bei Finn war, weil sie dort sehen konnte, dass es anderen Menschen ähnlich ging wie ihr, nur auf eine andere Art und Weise. Obwohl sie Krankenhäuser nicht mochte, fühlte sie sich hier nicht so alleine.

Zu Hause und in der Arbeit hingegen erging es ihr von Tag zu Tag schlechter. Zu Hause zog sich Maja immer mehr zurück und in der Arbeit merkte sie, wie ihre Leistungskurve deutlich nach unten ging. Mia musste immer öfter Situationen für sie retten. Auch die Auseinandersetzungen mit Ben wurden mehr. Er sagte ständig, er erkenne sie nicht wieder, und fragte, was mit ihr los sei. Sie konnte es ihm nicht einmal verübeln. Das Einzige, was Maja neben den Krankenhausbesuchen bei Finn noch ein wenig Kraft gab, war das Tanzen. Sie war zwar bei weitem nicht so gut wie sonst und verwechselte nach wie vor Schritte, aber zumindest taten ihr die Bewegung und die Ablenkung gut. So übte sie mit Lu weiter für die Show, die nun immer näher rückte. Es waren gerade mal noch zwei Monate. Es war bereits Mai, die Sonne hatte deutlich an Kraft zugelegt und man konnte den Frühling in der Luft riechen. Buddy war im Moment besonders gut gelaunt. Auch heute ging Maja mit ihm spazieren und er tollte auf der Wiese neben ihrem Lieblingsplatz, der kleinen Bank am Fluss. Dort war sie im Moment oft, um nachzudenken.

Die Stimme von Clarissa riss sie aus ihren Gedanken.

»Hallo Maja.«

Maja blickte auf.

»Oh, hallo Clarissa. Gut siehst du aus.«

Clarissa war topgekleidet und gestylt, wie man es von ihr gewohnt war. Selbst wenn sie alle bei Finn im Krankenhaus waren, wirkte Clarissa wie aus einer anderen Welt. Einer besseren und schöneren Welt. Sie nahm die Sonnenbrille ab und schob sie in ihr Haar. Auch das wirkte wie auf dem Laufsteg oder in einem Modemagazin. Maja kam sich in ihren Jeans und einem einfachen Pullover ganz schäbig vor.

»Darf ich mich setzen?«

»Ja, natürlich«, entgegnete Maja. Aber sie war ein wenig skeptisch. Warum wollte sich Clarissa setzen? Sie hatte doch bestimmt einiges zu tun.

»Maja, ich weiß nicht, wie ich anfangen soll. Ich wollte dich fragen, was mit dir in letzter Zeit los ist. Man sieht dich kaum noch, außer bei Finn im Krankenhaus.«

Maja wägte ihre Worte ab: »Zurzeit bin ich manchmal etwas traurig. Und ich bin eben oft bei Finn, weil ich finde, dass ihm jemand beistehen sollte in dieser schweren Zeit.«

Clarissa druckste herum.

»Maja, das ist ja auch völlig in Ordnung und ich gebe dir recht. Aber was ist mit deinen anderen Freunden? Wir sehen dich kaum noch. Du ziehst dich völlig zurück.«

»Das ist doch Quatsch. Ich finde eben, man sollte sich im Moment mehr um Finn kümmern. Da kann es schon mal sein, dass ich nicht immer dabei bin, wenn ihr was unternehmt.«

Clarissa zog die Stirn in Falten.

»Maja, du bist überhaupt nicht mehr dabei, wenn wir etwas unternehmen.« Sie stockte kurz, als wollte sie abwägen, ob sie den nächsten Satz aussprechen sollte.

»Und wenn du dabei bist, dann hast du schlechte Laune. Und das nervt ehrlich gesagt tierisch! Nicht mal Ben weiß noch, was er machen soll. Er verzweifelt langsam an der Situation.«

Jetzt wurde Maja sauer. Am liebsten wäre sie aufgesprungen und hätte Clarissa einmal ordentlich die Meinung gesagt. Was bildete sich Clarissa eigentlich ein? Da funktionierte man einmal nicht wie gewohnt und schon ging man ihr auf die Nerven? Und wie kam Ben dazu, hinter ihrem Rücken mit Clarissa darüber zu sprechen? Aber Clarissa kam ihr zuvor und sprach weiter: »Ich habe da keinen Bock mehr drauf, Maja. Du ziehst uns alle runter!«

Maja wollte kontern, sie wollte Clarissa anschreien. Aber sie konnte nicht. Stattdessen sagte sie nichts.

»Okay, wenn du nicht mal hierzu etwas zu sagen hast, dann kann ich dir auch nicht helfen. Dann zieh dich doch immer weiter zurück, von mir aus, bis du verschrumpelst in deiner Wohnung!« Mit diesen Worten sprang sie auf und ging davon.

Maja war wütend. Sie dachte, ihre Freunde stünden hinter ihr. Stattdessen machten sie ihr Vorwürfe, weil sie nicht sie selbst war. Sie sollten sie alle in Ruhe lassen. Sie rief nach Buddy, die Tränen rannen ihr übers Gesicht. Zu Hause vergrub sie sich wieder unter ihrer Decke auf der Couch. Maja war bitter enttäuscht und es tat so weh.

Als Ben nach Hause kam, ging der Streit weiter. Maja stellte ihn zur Rede.

»Was denkst du dir dabei, hinter meinem Rücken mit unseren Freunden über unsere Beziehung zu sprechen?« Ben war sichtlich perplex.

»Was? Ich, was soll ich getan haben? Wo kommt das denn jetzt auf einmal her?«

»Ich habe Clarissa im Park getroffen. Sie meinte, du würdest an der aktuellen Situation verzweifeln und nicht mehr wissen, was du machen sollst«, erklärte Maja in aufgebrachtem Ton.

»Das stimmt ja auch«, verteidigte sich Ben. »Maja, ich weiß in letzter Zeit nicht mehr, was ich noch tun oder wie ich an dich herankommen soll. Jeden Gesprächsversuch blockst du sofort ab. Du ziehst dich immer mehr von mir zurück, wir schlafen nicht mehr miteinander, wir küssen uns kaum mehr und viel schlimmer noch, wir reden auch kaum noch miteinander! Was ist das denn bitte für eine Beziehung?«

»Was willst du damit sagen?«, bohrte Maja sofort skeptisch nach.

»Ich will damit sagen, dass ich mir wirklich Sorgen um dich mache.«

»Und deswegen sprichst du mit unseren Freunden darüber? Können wir das nicht unter uns beiden klären?« Maja steigerte sich immer weiter hinein.

»Das habe ich doch versucht. Aber wie schon gesagt, du lässt es nicht zu.«

Obwohl Maja genau wusste, dass Ben recht hatte, widersprach sie ihm erneut.

»Das ist doch Blödsinn. Wann hast du denn wirklich versucht, mit mir zu sprechen?«

»Ziemlich oft in letzter Zeit«, sagte Ben.

»Das sehe ich nicht so«, konterte sie.

»Bitte sag mir doch einfach, was los ist. Ich will dir doch nur helfen.«

»Ich brauche keine Hilfe! Von niemandem! Wie oft soll ich euch das noch sagen?!«

Ben merkte, dass es keinen Sinn hatte, weiter nachzubohren. Maja würde sich nur noch weiter hineinsteigern. Er resignierte.

»Okay. Dann lasse ich dich in Ruhe.«

Mit diesen Worten ging er aus der Haustür. Das hatte Maja nicht gewollt. Sie hatte wieder alles kaputt gemacht. Sie konnte doch eigentlich nachvollziehen, wie Ben sich fühlte. Er hatte gar keine Chance, es zu verstehen, wenn Maja es ihm nicht erklärte. Aber sie schämte sich so dafür. Er würde es nicht verstehen, warum man grundlos traurig und rastlos und mutlos und verbittert und träge sein konnte. Aber er machte sich zumindest ehrlich Sorgen um Maja. Von Clarissa hingegen war sie mehr als enttäuscht. Sie hatte gehofft, dass ihre Freundin hinter ihr stehen würde, auch wenn sie mal nicht so funktionierte wie gewohnt. Aber da hatte sie sich wohl geirrt.

Kapitel 12 – Gefühl der Gefühllosigkeit

Maja brauchte inzwischen wieder viel zu lange, bis sie es am Morgen aus dem Bett schaffte. Sie aktivierte immer wieder die Schlummerfunktion auf ihrem Handy.

Gut, dass Ben meist schon aus dem Haus war, wenn sie aufstand. Maja konnte sich gut vorstellen, dass ihm das ständige Weckerläuten tierisch auf die Nerven gehen würde.

Da Maja so lange im Bett lag, war kaum noch Zeit für Frühstück oder sich entsprechend hübsch zu machen. Meist putzte sie nur kurz die Zähne, band ihre Haare zu einem Pferdeschwanz und machte sich gar nicht erst die Mühe, sich zu schminken. Maja ließ sich gehen.

So würden es die meisten bezeichnen. Die meisten, die nicht wussten, dass sie zu mehr einfach nicht die Kraft hatte.

So auch heute Morgen. Ungeschminkt und mit Jeans und Pullover verließ sie zusammen mit Buddy das Haus. Auch für einen extra Spaziergang vor der Arbeit mit Buddy reichte ihre Kraft nicht mehr. Der kurze Weg zur Arbeit musste ihm zum Gassigehen genügen.

Anfangs hatte Buddy immer noch versucht, Maja von einem Spaziergang zu überzeugen, indem er ihr die Leine ans Bett brachte. Das hatte er allerdings irgendwann aufgegeben, als er merkte, dass sie es nicht schaffte, aufzustehen.

Als sie an diesem Morgen das Büro betrat, war es seltsam still. Jeder schien leise vor sich hinzuarbeiten. Niemand sprach miteinander. Sie ging zu ihrem Schreibtisch. Mia war wie immer schon da.

»Was ist denn hier los, Mia? Kommt es nur mir so still vor?«, fragte Maja flüsternd.

»Lydia hat extrem schlechte Laune. Und das hat sie uns alle heute schon spüren lassen«, flüsterte Mia zurück.

»Euch spüren lassen? Inwiefern das denn?«, wollte Maja wissen. Es war kein gutes Zeichen, wenn Lydia schlechte Laune hatte.

»Na ja, sie hat jedem, der in letzter Zeit auch nur den kleinsten Fehler gemacht hat, diesen vorgehalten. Und das nicht gerade in freundlichem Ton.«

So ein Mist, dachte Maja. Sie hatte in der letzten Zeit mit Sicherheit Fehler gemacht, so wie sie drauf war. Es sei denn, Mia hatte diese bemerkt und ihr mal wieder den Hintern gerettet. Aber selbst Mia konnte nicht alles aufgefallen sein. Kaum hatte sie den Gedanken zu Ende gedacht, erschien Lydia in der Türe ihres Büros:

»Maja! Ich will dich um elf Uhr in meinem Büro sehen!«, wetterte sie.

»In Ordnung«, antwortete Maja kleinlaut.

So kannte sie Lydia überhaupt nicht. Ihre Chefin war taff und konsequent. Das musste sie als Geschäftsfrau auch sein. Aber dass sie andere heruntermachte oder in diesem Ton mit ihnen sprach, war eigentlich nicht ihre Art.

Maja konnte sich den halben Vormittag kaum konzentrieren. Aber diesmal lag es an dem bevorstehenden Gespräch in Lydias Büro. Um Lydia nicht noch einen Grund mehr zu geben, verärgert zu sein, klopfte sie vorsichtshalber eine Minute vor elf an ihrer Bürotür.

»Komm rein«, sagte Lydia in weiterhin strengem Tonfall. »Setz dich, Maja.«

Maja tat, wie ihr geheißen. Sie rutschte auf ihrem Stuhl hin und her. Sie fühlte sich unwohl.

»Maja, bitte lies das«, sagte Lydia jetzt in etwas sanfterem Ton und drückte ihr ein Stück Papier in die Hand. Auf diesem stand:

Sehr geehrte Damen und Herren,
ich konnte Ihrer Homepage leider nicht entnehmen, wer in Ihrem Hause für die Stadtführungen zuständig ist, also habe ich diesen Text an die allgemeine E-Mail-Adresse, welche auf Ihrer Seite aufgeführt war, geschrieben. Ich hoffe, sie erreicht den richtigen Adressaten.
Ich hatte mich vor zwei Tagen zu einer Stadtführung bei Ihnen angemeldet und muss Ihnen leider mitteilen, dass ich von dieser bitter enttäuscht war.
Vereinbarter Treffpunkt war eigentlich um 13 Uhr am Rathaus. Alle Gäste waren anwesend, nur die Stadtführerin nicht. Sie traf dann zehn Minuten später ein. Einige von uns hatten schon überlegt, wieder zu gehen. Ohne Entschuldigung und sichtlich außer Atem fing die junge Dame dann mit der Führung an. Auf mich machte sie den Eindruck, als wäre sie nicht richtig bei der Sache. Lieblos las sie die Daten von ihrem Zettel ab. Wenn jemand eine Frage stellte, schien sie nervös zu werden und konnte diese oft nicht beantworten. Auch wenn ich kein Historiker bin, glaube ich, dass auch nicht alles, was die Dame uns erzählt hat, der Wahrheit entsprach. Sogar ich traue mich zu beurteilen, dass

*sie oft Jahreszahlen verwechselte und Namen durch-
einanderbrachte.*

*Die junge Dame war zwar sichtlich bemüht und ver-
suchte uns mit Freundlichkeit zu begegnen, von Kom-
petenz kann hier allerdings nicht die Rede sein.*

*Eigentlich sollte ich für so eine schlechte Führung mein
Geld zurückverlangen und eine schlechte Kritik auf
all Ihren Seiten in den sozialen Medien hinterlassen.*

*Ich denke allerdings, dass jeder von uns einmal einen
schlechten Tag haben kann, und werde daher davon ab-
sehen. Seien Sie trotzdem versichert, dass ich über Sie
nie wieder eine Stadtführung buchen werde.*

Mit freundlichen Grüßen

Heinrich Stern

Maja schluckte. Sie wusste, von welcher Stadtführerin
in diesem Schreiben die Rede war. Sie selbst erinnerte
sich ziemlich genau an diesen Tag. Die Führung musste
für die Zuhörer in der Tat schrecklich gewesen sein, was
Majas schlechter Laune und ihrer mangelnden Konzen-
trationsfähigkeit geschuldet war. Sie gab Lydia vorsichtig den Brief zurück und sagte nichts. Sie traute sich gar
nicht, ihrer Chefin in die Augen zu sehen. Lydia wäre so
etwas nie passiert. Sie hätte sich im Griff gehabt, auch
wenn es ihr schlecht gegangen wäre.

»Maja, ich denke, wir wissen beide, dass hier von dir die
Rede ist. Du warst an diesem Nachmittag vor zwei Tagen
für die Stadtführungen verantwortlich.«

Maja nickte.

»Möchtest du irgendetwas dazu sagen?«

Maja schüttelte den Kopf.

»Nun, dann werde ich etwas dazu sagen«, entgegnete Lydia.

Sie sprach in sanftem Ton weiter.

»Maja, ich kenne dich jetzt so lange und ich muss sagen, du hast mich in letzter Zeit ziemlich enttäuscht. Deine Leistungen hier in der Firma sind rapide bergab gegangen und du scheinst in den letzten Wochen nicht wirklich bei der Sache zu sein. Maja, ich bin ein Mensch, der weiß, dass jeder einmal einen schlechten Tag hat, ich bin nicht nachtragend und ich verzeihe auch mal Fehler und gebe eine zweite Chance. Allerdings hast du in letzter Zeit mehr als eine zweite Chance von mir bekommen. Ich habe dich zu mir ins Büro gebeten, als die erste Beschwerde über eine deiner Stadtführungen hier ankam. Ich habe zugesehen, wie Mia in den letzten Wochen immer wieder für dich die Kohlen aus dem Feuer geholt hat.«

Über den letzten Satz erschrak Maja. Sie war sich sicher gewesen, dass Lydia es nicht bemerkt hatte, aber sie musste sich gewaltig getäuscht haben.

»Ich schätze dich sehr, Maja, und war deshalb auch der festen Überzeugung, dass du die Kurve kriegen und dich bald wieder fangen würdest. Ich war mir sicher, dass du gerade nur eine schlechte Phase hast und deine Leistung bald wieder so gut sein würde, wie ich es von dir normalerweise gewohnt bin. Allerdings denke und hoffe ich das jetzt schon eine ganze Zeit lang. Um genau zu sein, schon mehrere Wochen lang. Und es wird eher schlechter anstatt besser.«

Maja starrte die ganze Zeit zu Boden auf ihre Füße, während Lydia sprach.

»Maja, es bricht mir das Herz, dir das jetzt so deutlich sagen zu müssen. Aber ich kann das nicht länger mit ansehen. Und es wäre auch unfair den anderen Mitarbeitern gegenüber. Ich bin gezwungen, jetzt eine Konsequenz zu ziehen. Du bist gekündigt.«

Maja blickte immer noch nicht von ihren Füßen auf. Sie saß genauso da, als hätte Lydia diese drei Worte eben gar nicht ausgesprochen.

DU BIST GEKÜNDIGT.

»Hast du mich verstanden, Maja?«, fragte Lydia, als Maja keine Reaktion zeigte.

Maja nickte wieder nur.

»Da du noch nicht mal ein Jahr bei uns bist, beträgt deine Kündigungsfrist vier Wochen und in diesem Fall bis zum fünfzehnten des nächsten Monats. Das wäre der fünfzehnte Juni. Bis dahin möchte ich dich bitten, dass du im Büro ganz normal deine Arbeiten zu Ende bringst und eine Übergabe mit Mia machst, bevor du uns nächsten Monat verlässt. Stadtführungen brauchst du nicht mehr zu geben, deinen Teil übernimmt erst mal Jessica. Und ich möchte dir danken, denn du hast auch schon sehr gute Leistung erbracht, Maja.«

Wieder sagte Maja nichts. Und sie fühlte nichts.

»Maja, bist du okay?«, fragte Lydia und jetzt schwang wirkliche Sorge in ihrer Stimme mit.

Maja nickte erneut.

»Okay, wenn du nichts sagen möchtest, dann kannst du jetzt gehen«, sagte Lydia. »Die notwendigen Unterlagen erhältst du per Post.«

Ohne Lydia anzusehen, stand Maja auf und verließ das

Büro. Wie in Trance ging sie zu ihrem Schreibtisch und griff nach ihrer Tasche und ihrer Jacke. Es war immer noch ziemlich ruhig im Büro und Mia fragte flüsternd:

»Was wollte Lydia?«

Maja hingegen konnte auch Mia nicht in die Augen sehen. Ohne ein weiteres Wort oder einen Blick ging sie Richtung Türe. Sie war so durch den Wind, dass sie selbst Buddy vergessen hätte. Gut, dass Buddy ziemlich schlau war, denn als er merkte, dass Maja ging, sprang er auf und folgte ihr. Buddy merkte, dass etwas nicht in Ordnung war. Denn er trottete die ganze Zeit brav neben ihr her. Sie brauchte ihn noch nicht einmal an die Leine zu nehmen.

In ihrer Wohnung streifte sich Maja Jacke und Schuhe ab. Dann ließ sie sich geradewegs ins Bett fallen und zog sich die Decke über den Kopf.

Komischerweise war es diesmal nicht so, dass sie das Gefühl hatte, irgendetwas würde sie erdrücken. Sie fühlte nichts.

Es war ein Gefühl der Gefühllosigkeit. Falls es so etwas geben konnte.

Maja war gerade aufgrund ihrer schlechten Leistungen gekündigt worden und sie fühlte keine Trauer, keine Wut, keinen Schmerz. Sie fühlte einfach nichts. Und sie dachte, dass sie es nicht anders verdient hätte, da ihre Leistung wirklich schlecht gewesen war in den letzten Wochen.

Irgendwann schlief sie ein. Als Ben nach Hause kam und überrascht war, dass auch Maja schon so früh zu Hause war, wollte er sie zur Rede stellen. Aber Maja drehte sich von ihm weg und zog sich die Decke noch weiter über den Kopf. Sie wollte ihn nicht sehen und sie wollte nicht reden.

»Willst du denn noch nicht mal deine Sachen ausziehen?«, fragte Ben, da er sah, dass sie noch komplett angezogen im Bett lag. Wieder keine Reaktion. Er ließ sie in Ruhe. Maja quälte sich durch einen Mix von Schlaf, schlechten Träumen und Wachphasen.

Als am nächsten Morgen Bens Wecker klingelte, blieb Maja einfach liegen. Auch als sie hörte, wie Ben das Haus verließ, um zur Arbeit zu gehen, stand sie nicht auf. Ihren eigenen Wecker hatte sie gar nicht erst gestellt. Erst als Buddy zu winseln begann, rührte sie sich. Das hatte sie komplett verdrängt. Buddy musste bestimmt schon ganz dringend mal. Sie stand auf und ging mit ihm nach draußen. Sie musste sich keine Mühe machen, denn sie war ja sowieso noch komplett angezogen vom Vortag. Sie ging mit Buddy nur einmal ums Haus herum, bis er sein Geschäft erledigt hatte. Dann wollte sie sofort wieder rein. Sie wollte niemanden sehen und niemanden hören. In die Arbeit ging sie auch nicht.

»Was soll ich dort noch? Ich bin doch eh gekündigt«, sagte sie zu Buddy, als der sie sorgenvoll anblickte. Also legte sie sich erneut ins Bett. So ging das den ganzen Tag. Sie duschte nicht, sie aß nicht, nur ab und zu stand sie auf, um etwas zu trinken, oder setzte sich auf, um aus dem Fenster zu starren, da ihr vom Liegen schon alles wehtat. Obwohl und vielleicht auch weil sie die ganze Zeit nur rumlag, fühlte sie sich unglaublich müde und kraftlos. Nach und nach wurde ihr immer bewusster, was da gestern eigentlich passiert war. Sie hatte keinen

Job mehr. Sie würde ab dem nächsten Monat kein Geld mehr verdienen. Was sollte sie jetzt tun? Was würde Ben sagen? Wie würden ihre Freunde über sie denken? Wie würde ihre Familie reagieren? Die Gedanken in ihrem Kopf begannen wieder zu kreisen. Sie konnte niemandem erzählen, was passiert war. Sie schämte sich viel zu sehr dafür. Sie schämte sich bis in den Boden. War sie eigentlich zu irgendetwas zu gebrauchen? Den ersten Job, den sie in ihrem Leben gehabt hatte, hatte sie nach nur ein paar Monaten gleich wieder verloren. Was war nur falsch mit ihr? Was stimmte mit ihr nicht?

Sie dachte an die Zeit während ihres Studiums. Sie war der glücklichste Mensch der Welt gewesen. Sie hatte Spaß am Leben gehabt. Sie hatte sich auf die Zukunft gefreut. Sie hatte hart gearbeitet, um ihren Traumjob zu ergattern. Und jetzt? Sie hatte alles vermasselt. Sie hatte das verloren, wofür sie gekämpft hatte und was sie eigentlich liebte. Je mehr sie darüber nachdachte, desto mehr schämte sie sich und desto kleiner fühlte sie sich innerlich. Sie rollte sich zusammen und zog die Knie so weit an, wie sie konnte. Sie wollte verschwinden. Sie wollte, dass sie keiner sah. Sie fühlte sich wie ein kleines Kind, das dachte, je kleiner es sich machen würde, desto weniger würde man es bemerken.

Ben fand sie trotzdem.

»Maja, was ist los? Wieso liegst du schon wieder im Bett? Wie siehst du denn aus? Hast du immer noch die Sachen von gestern an? Warst du denn nicht in der Arbeit?«

Maja setzte sich auf. Gegen das Kopfteil des Bettes gelehnt, zog sie erneut ihre Knie an. Sie schaffte es nicht, Ben in die Augen zu sehen.

»Maja, nun sag doch was. Ist etwas passiert? Du siehst schrecklich aus!«

Ben fing an, Maja zu schütteln, als diese immer noch nicht reagierte.

»Maja, alles okay, soll ich einen Arzt rufen?«

Ben ging im Zimmer auf und ab, als wisse er nicht, was er tun sollte. Er war mit der Situation komplett überfordert. Immer wieder strich er sich nervös durch seine schönen dunklen Haare. Nach einer gefühlten Ewigkeit schaffte es Maja, den Satz auszusprechen.

»Ich habe meinen Job verloren«, sagte sie gerade so laut, dass Ben es verstehen konnte.

»Was? Ist etwas vorgefallen?«, fragte Ben sichtlich verwirrt. Er setzte sich zu ihr auf die Bettkante.

Maja schilderte ihm die Situation in Lydias Büro. Ben hingegen schien nicht ganz begriffen zu haben.

»Aber das ist doch kein Kündigungsgrund!«, wetterte er aufgebracht. »Jeder von uns hat schließlich einmal schlechte Tage! Wir gehen gerichtlich dagegen vor! Ich helfe dir!«

Maja war gerührt, dass Ben sich so für sie einsetzte, aber sie versuchte es ihm begreiflicher zu machen.

»Ben, es ging hier nicht um einen Patzer. Meine Leistung hat in den letzten Wochen und Monaten rapide abgenommen. Mia hat mir immer wieder die Haut gerettet. Ich dachte, Lydia würde es nicht mitbekommen, aber das hat sie sehr wohl. Sie hat also sehr wohl einen Grund, mir zu kündigen.«

»Aber, aber warum ist das denn passiert, Maja? Was ist denn mit dir los, dass deine Leistung so nachgelassen hat?

Hat dir der Job keinen Spaß mehr gemacht? Ich habe gedacht, er wäre das, wovon du immer geträumt hast?«

Zum ersten Mal seit der Kündigung gestern liefen Maja die Tränen übers Gesicht.

»Ich weiß nicht, was mit mir los ist, Ben«, war alles, was sie sagen konnte, bevor sie bitterlich zu weinen begann und Ben sie in seine Arme schloss.

Kapitel 13 – Krisensitzung

Maja ging die nächsten Tage nicht aus dem Haus. Auch Ben konnte sie nicht dazu überreden. Sie schämte sich viel zu sehr. Sie hasste sich. Und niemand sollte sie sehen. Sie war es nicht wert.

Alles, was sie schaffte, war, sich krankschreiben zu lassen. Sie erzählte dem Arzt eine Story von Erkältung und Müdigkeit. Auch wenn das nicht ganz der Wahrheit entsprach. Aber das war ihr jetzt auch schon egal. Sie hatte nichts mehr zu verlieren. Ihren Job war sie ja bereits los. Und sie wollte sich auf keinen Fall die Blöße geben und noch mal ins Büro gehen, wo sie jeder nur anstarren oder schlimmer noch: bemitleiden würde. Sie wollte einfach ihre Ruhe. Sie wollte von der Welt da draußen nichts wissen. Die Welt dort draußen war schlecht und unfair. Ja, unfair traf es ziemlich gut. Wieso hätte Finn sonst Krebs bekommen? Finn, der beste und liebenswürdigste Mensch, den Maja kannte. Bei dem Gedanken an ihn bekam Maja sofort ein schlechtes Gewissen. Sie hatte ihn jetzt einige Tage lang schon nicht mehr besucht. Sie hatte nur an sich und ihr Problem gedacht. Und dabei war er es doch, dem es wirklich schlecht ging. Finn, der tapfer versuchte seinen Krebs zu bekämpfen. Und Maja vergammelte hier in ihrer Wohnung. Ihr schlechtes Gewissen wurde immer stärker.

Eine Stunde später war sie im Krankenhaus. Wenn man sie im Nachhinein fragen würde, wie sie es hinbekommen hatte, aufzustehen, könnte sie es keinem mehr beantworten. Den Weg zu Finns Zimmer kannte sie inzwischen bestens. Die Tür stand einen Spalt weit offen und fast schon wäre sie eingetreten, wenn sie nicht Finns Stimme gehört hätte.

»Wo ist denn Maja heute?«, fragte er.

Es war Ben, der antwortete:

»Genau darüber wollte ich mit euch reden.«

»Mit euch?«, dachte Maja. Es mussten also noch mehrere im Zimmer sein. Maja blieb wie angewurzelt vor der Türe stehen und machte keine Anstalten, hineinzugehen.

»Warum, was ist denn los, Ben?« Diesmal war es Lus Stimme.

»Ich weiß nicht mehr, was ich noch machen soll. Maja hat ihren Job verloren.«

»Was?«, sagten alle wie aus einem Munde.

»Ja, sie hat mir erzählt, dass Lydia ihr gekündigt hat, da ihre Leistungen in letzter Zeit so rapide abgenommen hätten.«

»Das kann ich mir bei Maja gar nicht vorstellen«, entgegnete Lu. »Sie liebt ihren Job.«

»Das dachte ich auch«, antwortete Ben. »Aber es ist wohl tatsächlich so. Ich weiß einfach nicht, was mit ihr los ist. Ich komme nicht an sie heran. Sie sagt immer nur, sie weiß selbst nicht, was mit ihr nicht stimmt. Aber sie ist so anders geworden in letzter Zeit. Ich weiß nicht mehr, wie ich mich verhalten soll.«

Finn sprach als Nächster: »Hm, wirklich seltsam. Zu mir war sie in letzter Zeit wie immer. Sie hat mir Mut gemacht und wir haben uns immer gut unterhalten, wenn sie hier war.«

»Ja, aber sie war auch nur bei dir, Finn. Mit uns anderen hat sie sich gar nicht mehr getroffen. Sie wollte nie mit, sobald wir etwas unternommen haben«, sagte Clarissa.

»Ich habe sie letztens zur Rede gestellt, als ich sie zufällig im Park getroffen habe.«

»Und was hat sie geantwortet?«, wollte Ben sofort wissen.

»Na ja, dass alles okay sei und dass sie im Moment eben mehr bei Finn sein will, um ihm beizustehen. Aber für mich ist das Thema sowieso durch. Entweder ihr liegt etwas an uns oder sie lässt es eben bleiben.«

»Du kannst doch nicht so hart sein«, griff Lu ein.

»Wir sind oder in meinem Fall waren ihre Freunde, Lu. Entweder sie vertraut uns und spricht mit uns, oder sie lässt es bleiben. Und wenn sie keine Hilfe möchte, dann kann ich das auch nicht ändern.«

»Ich denke, du urteilst zu vorschnell. Wir kennen Maja doch auch alle anders. Irgendwas stimmt nicht mit ihr«, verteidigte Lu sie erneut.

»Hast du denn schon mal versucht, sie zu überreden zum Arzt zu gehen, Ben? Es muss ja nicht immer etwas Körperliches sein, wenn es jemandem schlecht geht.«

Das war zu viel für Maja. Was wollte Lu denn damit sagen? Sie wollte sich das Ganze nicht länger anhören. Sie hatte das Gefühl, ihre Freunde hätten sich alle gegen sie verschworen. Sich hier zu treffen und hinter ihrem Rücken über sie zu reden. Das war genug. Maja fing an zu laufen. Sie wollte hier weg. Die sollten sie alle in Ruhe lassen. Das Laufen ging in Rennen über. Beinahe hätte sie einen älteren Herrn mit seinem Rollator überrannt. Den ganzen Weg nach Hause rannte Maja.

Wo sie diese Energie plötzlich hernahm, diese Frage konnte sie selbst nicht beantworten. Vielleicht war es die Wut, die sie verspürte. Daheim nahm sie erst mal eine Dusche und spätestens da merkte sie, dass das plötzliche Rennen keine gute Idee gewesen war. Ihr wurde schwindelig. Sie musste sich hinsetzen. Es war ja auch kein Wunder. Sie aß kaum noch etwas.

Dort saß sie nun in der Dusche. Das heiße Wasser prasselte auf sie herab. Sie zog die Knie an und dachte an die Situation eben im Krankenhaus.

Maja fühlte sich ausgeschlossen. All ihre Freunde hatten sich im Krankenhaus versammelt, um über Maja zu sprechen. Und es klang ganz so, als hätte Ben das Ganze angezettelt. Denn er war es gewesen, der gesagt hatte: »Genau darüber wollte ich mit euch reden.«

Auch die Worte, die Clarissa gebraucht hatte, trafen Maja heftig: »Wir sind oder in meinem Fall waren ihre Freunde, Lu. Entweder sie vertraut uns und spricht mit uns oder sie lässt es bleiben. Und wenn sie keine Hilfe möchte, dann kann ich das auch nicht ändern.«

Das Wasser aus der Dusche vermischte sich mit Majas Tränen. In ihren Gedanken sprach sie zu ihren Freunden: Ich vertraue euch doch. Aber ihr würdet es nicht verstehen. Ihr würdet nur sagen: Maja, das wird schon wieder, du musst dich ein bisschen zusammenreißen. Du kannst nicht ewig in diesem Loch feststecken. Wir unternehmen etwas, um dich abzulenken. Aber ihr wisst nicht, wie sich das anfühlt. Ich würde es euch so gerne erzählen. Aber ich kann nicht. Ihr würdet mich für verrückt erklären.

Maja wusste nicht, wie lange sie dort unter dem Wasserstrahl in der Dusche gesessen hatte. Irgendwann setzte sie sich auf, zog eine Jogginghose und ein Shirt über und legte sich ins Bett. Buddy kam angeschlurft. Ihn hatte sie schon ganz vergessen gehabt. Sie konnte ihn nicht mit ins Krankenhaus nehmen. Dort waren keine Hunde erlaubt. Deshalb hatte sie beschlossen, ihn für die zwei Stunden in der Wohnung zu lassen. Das war inzwischen auch kein Problem mehr. Trotzdem hatte sie ein schlechtes Gewissen, dass sie sich in letzter Zeit so wenig mit ihm beschäftigt hatte. Er sprang zu ihr aufs Bett. Es tat so gut, dass wenigstens er da war. Er war bei ihr. Er stand ihr bei, während alle anderen nur über sie redeten statt mit ihr. Sie kuschelte sich an ihn und nach etlichen Tränen mehr schlief sie irgendwann wieder ein.

Kapitel 14 – Er ist weg

Am nächsten Tag stand Lu vor Majas Haustür.

»Hey, ich wollte dich zum Tanzunterricht abholen, bist du fertig?«

Das hatte Maja komplett verdrängt. Nach allem, was passiert war, ging das Leben da draußen ja trotzdem weiter. Heute war Donnerstag. Und das hieß Tanzunterricht bei Mel und Üben für die Show, die ihnen in knapp einem Monat bevorstand. Eigentlich wollte Maja lieber zu Hause bleiben, aber sie konnte jetzt nicht kneifen. Sie hatte Lu ein Versprechen gegeben, sie bei der Show zu unterstützen. Maja dachte auch daran, wie Lu sie gestern im Krankenhaus verteidigt hatte. Dafür war sie ihrer besten Freundin dankbar.

»Oh hey, ja, fast. Ich zieh mir nur kurz was anderes an. Komm doch einfach rein derweil.«

Buddy begrüßte Lu ausführlich.

»Na, mein Großer, dich habe ich schon lange nicht mehr gesehen.«

Lu blickte sich in der Küche um. Das Frühstücksgeschirr stand immer noch auf dem Tisch, obwohl es bereits Abend war. Das war ziemlich untypisch für Maja. Wo sie doch sonst so auf Ordnung und Sauberkeit achtete.

»So, wir können los.«

Maja hatte sich nur kurz eine Jeans angezogen und die beiden machten sich zusammen mit Buddy auf den Weg ins Studio.

Lu erzählte die ganze Zeit von den Vorbereitungen

für die Show und erwähnte nicht einmal das Treffen im Krankenhaus gestern. Sie war einfach ganz normal, und dafür liebte Maja sie.

Heute übten sie das komplette Programm. Von Anfang bis Ende. Mit allen Tänzern. Bereits beim Aufwärmen merkte Maja, dass sie einfach nicht fit war. Sie kam ziemlich schnell außer Atem, bemühte sich aber, sich auf keinen Fall etwas anmerken zu lassen.

»Hast du übrigens schon gehört?«, fragte Lu in einer besonders anstrengenden Dehnübung.

»Was denn?«

»Finn wird, wenn alles weiterhin nach Plan verläuft mit der Chemo, in zwei Wochen aus dem Krankenhaus entlassen. Das heißt, er kann sich vielleicht sogar unsere Show ansehen. Ist das nicht Wahnsinn?«

»Wow, das sind ja prima Neuigkeiten!«

Maja freute sich riesig. Das bedeutete nämlich, dass die Chemo ihre Wirkung zeigte und Finn langsam auf dem Weg der Besserung war. Sie wusste nicht, ob es an dieser tollen Nachricht lag, aber irgendwie schaffte sie es, das komplette Showprogramm ohne größere Patzer durchzuziehen.

Die größte Herausforderung war die Szene, in der die Mutter, die Maja verkörperte, ihrer Tochter, die von Lu gespielt wurde, Mut zuspricht, nicht aufzugeben. Sogar die Tempoübergänge klappten ganz gut.

»Super, Leute, das war wirklich klasse heute«, lobte Mel am Ende die gesamte Truppe.

»Wir sehen uns nächste Woche um dieselbe Zeit.«

Der Freitag verlief für Maja ähnlich wie die letzten

Tage. Sie schaffte es kaum aus dem Bett oder von der Couch hoch. Sie hatte keine Energie. Und auch am Samstag konnte sie sich nicht aufraffen, das Bett zu verlassen. Erst als sie Mittag immer noch in den Federn lag, kam Ben zu ihr ans Bett.

»Hey, du Faulpelz, willst du nicht mal aufstehen? Es ist so ein schöner Tag draußen. Lass uns etwas unternehmen.«

Aber alles, was Ben zu hören bekam, war ein »Nö, keine Lust«. Und Maja drehte sich von Ben weg auf die andere Seite. Sie wollte nicht in diese Welt da draußen. Sie wollte niemanden sehen und mit niemandem reden. Das strengte sie alles viel zu sehr an. Ben versuchte es gar nicht erst weiter.

Nach ein paar Minuten allerdings hörte Maja die Tür ins Schloss fallen.

Als er vom Laufen wiederkam, lag Maja nach wie vor im Bett. So konnte das nicht weitergehen. Ben ging duschen. Währenddessen überlegte er, wie er am besten an Maja herankommen konnte. Er musste einfach mit ihr reden.

»Maja?«, sagte er behutsam und setzte sich auf die Kommode gegenüber ihrem Bett.

»Hm«, war erneut alles, was er zu hören bekam.

»Ich muss mit dir reden«, wagte er sich weiter vor.

»Hm«, war wieder die Standardantwort.

»Maja, jetzt hör mir doch bitte mal zu.«

»Was ist denn? Ich will nicht reden«, entgegnete sie in grantigem Ton.

»Ich will auch vieles nicht. Zum Beispiel, wie du in letzter Zeit drauf bist. Das möchte ich nicht. Ich will jetzt mit dir reden.«

Maja merkte, dass es ihm ernst war. Also setzte sie sich ein Stück weit auf und lehnte sich an die hintere Bettkante. Sie nahm ihre Schutzhaltung ein und zog die Beine weit an den Körper heran. Die Decke zog sie bis zum Kinn hoch. Dann fuhr Ben fort:

»Maja, ich kann das nicht mehr.«

»Was kannst du nicht mehr?«, fragte Maja im Flüsterton.

»Ich kann diese Situation nicht mehr ertragen.«

»Welche Situation?«, entgegnete Maja, als wüsste sie von nichts. Das Gespräch verlief in eine Richtung, die ihr nicht gefiel.

»Maja, jetzt tu doch nicht so. Anfangs dachte ich, du hättest einfach ein paar schlechte Tage. Daraus wurden dann allerdings Wochen und inzwischen sogar Monate. Ich dachte, irgendwann würde das schon wieder besser werden. Jeder hat mal eine schlechte Zeit. Und zwischendurch war es dann ja auch mal besser. Hinterher dafür wieder umso schlimmer.«

»Was meinst du damit?«, fragte Maja erneut, als wüsste sie nicht, wovon Ben redete.

»Am Anfang hattest du gefühlt einfach nur schlechte Laune. Inzwischen schaffst du es nicht mal mehr, aus dem Bett aufzustehen.«

»Na und? Was willst du damit sagen?«, wollte Maja wissen.

»Ich will damit sagen, dass das nicht mehr normal ist. Und dass es so nicht weitergehen kann.«

Maja sagte nichts. Stille trat ein, in der jeder seine Gedanken sammelte. Es war Ben, der als Erster wieder das Wort ergriff.

»Hör zu, alle wollen dir helfen. Aber du lässt uns nicht. Du bist total verschlossen, keiner kommt an dich ran. Ich habe inzwischen vor lauter Verzweiflung Rat bei unseren Freunden gesucht, weil ich einfach nicht mehr weiß, wie ich mit der Situation umgehen soll.«

»Ich habe eben in letzter Zeit andere Prioritäten gesetzt und wollte Finn beistehen und deshalb weniger mit euch gemacht.«

Ben seufzte. »Maja, wir sind in den vergangenen Wochen alle viel bei Finn gewesen. Aber das Leben außerhalb des Krankenhauses muss auch weitergehen. Und dort hast du dich nie blicken lassen. Du bist nicht mal mehr mit ins Oldtown. Lieber sitzt oder liegst du hier zu Hause rum.«

»Falls es dir noch nicht aufgefallen ist, Ben, ich habe meinen Job verloren! Damit geht es mir nicht gerade gut und was soll ich denn sonst tun zu Hause?«

»Es ist mir klar, dass es dir damit nicht gut geht. Aber du lässt dich komplett hängen. Die Maja, die ich kannte, würde selbst bei so einem Rückschlag sagen: ‚Hey und jetzt erst recht.‘ Du könntest zum Beispiel Bewerbungen schreiben oder willst du jetzt gar nicht mehr arbeiten?«

Darüber musste Maja kurz nachdenken. Sie war so in ihrem Trott versunken gewesen, so in ihrer Bewegungslosigkeit verharrt, dass sie noch gar nicht daran gedacht hatte, sich woanders zu bewerben. Aber es würde sowieso nichts bringen. Wer wollte schon jemanden, dem gekündigt wurde, weil er zu nichts zu gebrauchen war?

»Was soll das bringen, Ben? Ich bin nicht gut genug. Deshalb wurde mir gekündigt«, sagte Maja.

»Wir beide wissen, dass das nicht stimmt. Du bist toll und du liebst eigentlich, was du tust. Du liebst diese Stadt und ihre Geschichte. Nur lähmt dich irgendetwas in letzter Zeit. Du stehst dir selbst im Weg und ich würde dich so gern an die Hand nehmen und dich da aus deinem Loch rausziehen, aber du lässt mich nicht. Du lässt es einfach nicht zu.«

Maja wurde langsam ungeduldig: »Du musst mich nirgends rausziehen. Ich habe schlechte Leistung gebracht und deshalb meinen Job verloren. Punkt.«

Diesmal fiel Ben Maja ins Wort: »Aber du warst doch auch schon komisch, bevor das passiert ist. Ich erkenne dich nicht wieder. Du bist nicht mehr die Maja, die ich mal kennengelernt habe. Und die hätte ich so gerne wieder zurück.«

Das traf Maja heftig: »Menschen ändern sich eben. Nur weil ich nicht die ganze Zeit jubelnd und grinsend durch die Gegend renne? Nur weil ich aktuell nicht funktioniere?«

»Darum geht es doch nicht«, entgegnete Ben.

»Worum denn dann? Was willst du von mir?«

Ben musste deutlicher werden, auch wenn er das eigentlich hatte vermeiden wollen: »Sieh dich doch mal an. Du bist mehr als dünn geworden. Deine Klamotten sind inzwischen drei Nummern zu groß. Du achtest kaum mehr auf dein Äußeres. Du isst kaum noch etwas. Du siehst ehrlich gesagt ziemlich schlecht aus. Du interessierst dich für nichts mehr. Zumindest nicht für die normale Welt da draußen. Du lebst gerade in deiner eigenen Welt.«

Auch diese Worte trafen Maja. Ihr gingen die Argumente aus. Sie wusste, dass Ben recht hatte. Aber sie konnte ihm nicht erklären, warum das so war. Warum es ihr so schlecht ging. Er würde es nicht verstehen. Bei Finn konnte jeder sehen, warum es ihm schlecht ging. Er hatte einen Grund und der nannte sich Krebs. Maja hatte keinen Grund. Sie war ihr eigener Feind.

Inzwischen rannen ihr die Tränen die Backen hinunter und sie versuchte, Ben zu antworten:

»Ich lebe gern in meiner eigenen Welt. Die ist besser als die Welt da draußen. Lasst mich einfach in Ruhe.« Als Maja das sagte, klang sie wie ein dreijähriges Kind. Und sie wusste es. Sie wusste, dass sie ungerecht war. Und sie wusste, dass niemand sie verstehen würde.

Und Ben bestätigte sie:

»Ich versteh es nicht. Was ist denn für dich so schlimm an der Welt? Du hast tolle Freunde, du bist gesund, du hast eine super Familie. Du hast alles, was du brauchst. Warum solltest du denn nicht in dieser Welt leben wollen?«

Die Worte waren für Maja wie ein Schlag ins Gesicht. Ja genau, sie hatte doch alles, was sie brauchte. Warum ging es ihr dann so schlecht?

»Lass mich dir doch bitte helfen. Was kann ich tun? Was habe ich falsch gemacht? Ich will, dass es dir wieder besser geht.« Jetzt klang auch in Bens Stimme langsam Verzweiflung mit.

»Du hast nichts falsch gemacht. Das Problem bin einzig und allein ich«, entgegnete Maja.

»Du bist kein Problem. Du hast nur ein Problem und ich möchte dir helfen, es zu lösen.«

»Du kannst mir nicht helfen. Bitte versteh das doch«, sagte Maja, während ihr weiter die Tränen übers Gesicht flossen.

»Aber zusammen ist man doch stärker als alleine. Ich möchte so nicht mehr weitermachen. Das geht einfach nicht.«

»Aber es ist doch alles okay. Ich versuche mich ein bisschen mehr zusammenzureißen, ja?«

Jetzt verwendete Maja schon selbst den Satz, den sie so sehr hasste, nur damit sie Ben ein wenig beschwichtigen konnte. Sich zusammenreißen. Wie schön wäre es, wenn es nur das wäre.

»Nein, ich will nicht, dass du dich zusammenreißen musst. Ich will, dass du wieder die Maja wirst, die ich kenne. Ich will, dass es dir gut geht. Dass du endlich wieder lachst. Und nicht nur, weil du vor den anderen verstecken willst, wie schlecht es dir in Wirklichkeit geht. Sondern dass du aus vollem Herzen lachst.«

Ben wusste mehr, als Maja gedacht hatte. Er hatte wohl doch gemerkt, wenn es ihr nicht gut ging und sie versuchte, es zu verstecken. Was sollte sie ihm sagen? Dass sie sich nichts sehnlicher wünschen würde, als mal wieder aus vollem Herzen zu lachen? Endlich überhaupt mal wieder etwas zu spüren?

»Ich will, dass du dir helfen lässt«, versuchte es Ben erneut.

»Ich habe doch gerade schon gesagt, dass du mir nicht helfen kannst. Auch wenn du es gut meinst.«

»Wenn ich dir nicht helfen kann, dann suchen wir eben jemanden, der es kann.«

»Was meinst du damit?«

»Wenn du von uns keine Hilfe annehmen kannst, dann vielleicht professionelle Hilfe.«

Dieser Satz brachte das Fass zum Überlaufen.

»Willst du damit sagen, ich habe einen an der Klatsche und soll zum Psycho-Doc gehen?« Maja schrie schon fast.

Ben blieb ganz ruhig.

»Nein, ich meine damit, dass du einfach mal mit einem Arzt sprechen solltest, der dir vielleicht sagen kann, warum es dir nicht gut geht.«

»Ich brauche keine Hilfe und erst recht nicht von einem Arzt! Was glaubst du eigentlich? Ich komm sehr gut alleine zurecht!«

Ben hatte inzwischen den Kopf auf seine Hände gestützt und das Gesicht darin vergraben. Er war mit seinem Latein am Ende. Er wusste nicht mehr, was er noch tun oder sagen konnte, ohne die Situation zu verschlimmern. Er wusste nur, dass bei ihm jetzt eine Grenze erreicht war. Er konnte Maja so nicht mehr sehen. Und er wollte so nicht mehr leben.

»Maja, ich liebe dich. Aber ich kann das nicht mehr. Es tut mir leid.«

Mit diesen Worten ging er und ließ Maja alleine zurück.

Maja war regungslos. Sie saß auf dem Bett. Sie rührte sich keinen Zentimeter. Sie verharrte dort einfach nur. Dreißig Minuten, eine Stunde, zwei Stunden. Sie wusste nicht, wie lange. Sie weinte nicht, sie saß einfach nur da.

Es fühlte sich an, als hätte jemand eine durchsichtige Glaskuppel über sie gestülpt. Selbst wenn da draußen die Sonne schien und Maja sie sehen konnte, die Wärme ihrer Strahlen erreichte sie nicht. Da waren Schmerz und Kälte. Hatte Ben sie gerade verlassen? Nein, das konnte nicht sein. Ben würde sie nicht verlassen. Das würde er nicht tun. Das konnte nicht sein. Nicht Ben. Nach so vielen Jahren. Nein, das durfte nicht sein!

Langsam begriff Maja, was passiert war. Und jetzt drehte sie fast durch. Das, was sie am meisten liebte, wurde ihr weggenommen. Zuerst ihr Job und jetzt Ben. Die Tränen flossen in Strömen. Maja war verzweifelt. Sie schlug mit den Fäusten aufs Bett. Wie hatte sie das zulassen können? Wie hatte sie es nur so weit kommen lassen können? Alles war ihre Schuld. Sie war falsch. Sie war anders. Sie wollte schreien. Sie wollte hier weg. Sie wollte nicht sie selbst sein. Sie schlug weiter mit den Fäusten. Dann schlug sie auf sich selbst ein. Alles war ihre Schuld. Sie schaffte es einfach nicht, sich zusammenzureißen. Sie konnte die schlechte Laune nicht besiegen. Sie kam immer wieder und legte sich wie ein Nebelschleier um sie. Alle anderen schafften es doch auch. Alle normalen Menschen hatten auch oft schlechte Zeiten. Aber sie standen wieder auf, wenn sie hingefallen waren. Warum schaffte Maja es dann nicht mehr hoch? Sie war zu schlecht für diese Welt. Sie war falsch. Sie war anders. Sie gehörte nicht hierher und sie gehörte nicht dazu. Und deshalb hatte Ben sie auch verlassen. Ben ... Ben war weg und sie wusste nicht, ob er je zurückkommen würde. Ihr Leben war noch kaputter als zuvor.

Erst als Buddy kam und zu Maja aufs Bett hüpfte, beruhigte sie sich ein wenig. Von da an weinte sie nur noch. Sie weinte in Buddys Fell, bis es ganz nass war. Und irgendwann schlief sie vor lauter Erschöpfung ein.

Ben hingegen war zu Majas Eltern gefahren. Er hatte Maja verlassen – ja, aber er konnte nicht zulassen, dass es ihr deswegen noch schlechter ging. Er liebte Maja und er wollte ihr helfen. Und wenn er es nicht konnte, vielleicht konnten ihre Eltern etwas ausrichten. Sie kannten sie schließlich am längsten. Es war einen Versuch wert.

Es war mitten am Nachmittag und Ben hatte keine Ahnung, ob sie überhaupt zu Hause sein würden, aber er musste es versuchen. Und einfach nur anrufen wollte er auch nicht.

Als er auf die Einfahrt fuhr, konnte er bereits Majas Vater sehen. Er werkelte im Garten. Das traf sich gut. Er schien erfreut, als er das Fahrzeug von Ben erkannte, und er winkte. Ben stieg aus dem Auto aus und Majas Vater ging ihm entgegen. Er wischte sich den Schweiß von der Stirn und in einer Hand hielt er noch eine Gartenschere.

»Mensch, Ben, schön dich zu sehen«, begrüßte er ihn freudig. »Wo hast du denn meine Maja gelassen?«, fragte er und lugte um Ben herum zum Auto, als ob er darauf wartete, dass seine Tochter gleich aussteigen würde.

»Genau darüber muss ich mit dir reden«, entgegnete Ben.

Als Majas Vater Bens Gesichtsausdruck sah, wusste er sofort, dass etwas nicht in Ordnung war.

»Ist etwas passiert, Ben?«

»Na ja, nicht direkt. Aber ich möchte dir keine Angst machen. Sind die anderen auch da?«

»Ähm ja, irgendwo im Haus. Ich hole sie«, sagte er und führte Ben auf die Terrasse. Bitte setz dich, ich bin gleich wieder da.«

Ben hörte, wie Majas Vater nach seiner Frau und seinem Sohn rief.

»Kommt ihr mal? Ben ist da.«

»Das ist aber eine schöne Überraschung«, waren die Worte von Majas Mutter und sie erschien mit einer Schürze in der Türe und strahlte Ben an.

»Wo ist denn Maja?«

»Darüber möchte Ben mit uns reden«, erklärte Majas Vater seiner Frau.

»Aber ...«, wollte diese schon ansetzen. Ihr Sohn jedoch kam ihr zuvor.

»Hey Ben, alles fit?«

»Na ja, mehr oder weniger.«

Jetzt waren sie alle auf der Terrasse versammelt. Das war eine der schwierigsten Situationen, die Ben je erlebt hatte. Sie würden ihn gleich hassen, weil er mit ihrer Tochter Schluss gemacht hatte, und gleichzeitig würde er ihnen noch dazu schlechte Nachrichten überbringen.

Ben holte tief Luft: »Ich habe mich gerade von Maja getrennt.«

Niemand sagte etwas. Nach einer Weile des Schweigens ergriff Majas Vater das Wort: »Darf man den Grund dafür erfahren?«

Ben war froh, dass jemand danach fragte.

»Deswegen bin ich hier«, antwortete er.

»Maja macht mir ziemliche Sorgen in letzter Zeit. Sie hat sich sehr verändert. Und ich habe es ehrlich gesagt nicht mehr ertragen.«

»Was meinst du damit? Nicht mehr ertragen?«, hakte Majas Mutter sofort ein. »Was ist mit meiner Tochter?«

»Es fällt mir schwer, das zu erklären«, setzte Ben an. »Maja hat in letzter Zeit eigentlich immer schlechte Laune.«

»Aber das ist doch kein Grund, sich zu trennen«, fiel Majas Mutter Ben sofort ins Wort.

»Nein«, fuhr Ben fort, »das ist auch nicht der Grund. Ich versuche es anders auszudrücken. Zunächst dachte ich, Maja hätte einfach nur mal ein paar schlechte Tage. Das war ungefähr vor einem halben Jahr. Aber diese schlechten Tage hielten an. Ziemlich lange. Dann wurde es plötzlich besser, bevor es wieder ganz schlimm wurde. Inzwischen ist Maja so weit, dass sie es nicht mehr schafft, an einem normalen Werktag aus dem Bett aufzustehen.«

Majas Familie blickte Ben fragend an.

»Sie hat ja auch ihren Job verloren«, fügte er hinzu.

»Sie hat was?«, wiederholte Majas Mutter entrüstet und sprang von ihrem Stuhl auf.

»Wusstet ihr das nicht? Lydia hat ihr gekündigt, weil ihre Leistungen zu schlecht wurden.«

»Das hat sie mit keinem Ton erwähnt«, erklärte Majas Vater mit ruhiger Stimme.

»Das kann doch nicht sein. Warum sagt sie uns so etwas Wichtiges nicht?« Majas Mutter war total aus dem Häuschen.

»Ich rufe sie sofort an«, sagte sie.

»Nicht«, beschwichtigte Majas Vater seine Frau, »bitte beruhige dich. Wir sprechen später mit ihr, wenn Ben uns alles erzählt hat.«

Ben sprach weiter: »Wie gesagt, anfangs dachte ich, sie hätte einfach nur ein paar schlechte Tage. Aber es wurde immer schlimmer. Sie ist überhaupt nicht mehr die Maja, die ich kenne. Sie wirkt traurig und demotiviert. Ich sehe sie kaum mehr lachen. Sie hängt nur zu Hause rum. Sie unternimmt nichts mehr. Sie wirkt ständig müde und ausgelaugt, selbst wenn sie den ganzen Tag im Bett verbracht hat. Sie weint viel. Sie ist extrem sensibel geworden. Ich weiß nicht mehr, wie ich an sie rankommen soll. Sie hat sich von allen abgegrenzt, auch von mir. Ich habe auch schon mit allen aus unserem Freundeskreis gesprochen, aber ich denke, sie bekommen sowieso nur die Hälfte mit. Sie merken nicht, wie schlecht es Maja in Wirklichkeit geht. Sie kann es nach außen hin meist ziemlich gut überspielen. Aber zu Hause kommt sie mir so vor, als hätte sie keine Kraft mehr, diese Fassade aufrechtzuerhalten. Niemand hat eine Lösung oder weiß, was eigentlich mit ihr los ist. Und ich habe es jetzt nicht mehr ausgehalten. Sie will sich mir nicht anvertrauen und ich kann es nicht länger ertragen, sie so zu sehen.« Ben senkte den Kopf. Er musste sich zusammenreißen, um nicht gleich loszuheulen. Er wollte sich nicht von Maja trennen, aber er hatte keine Wahl gehabt. So konnte es nicht weitergehen. Maja war ein anderer Mensch geworden und zwar komplett anders. Und es trieb ihn in die Verzweiflung, ihr nicht helfen zu können.

Majas Bruder riss Ben aus seinen Gedanken: »Ach, die kriegt sich schon wieder ein«, meinte er. »Die spinnt öfter mal.«

»Diesmal denke ich, ist es nicht nur eine Spinnerei. Auch wenn ich das selbst gerne glauben würde. Ich denke, Maja hat ein echtes Problem. Aber ich weiß nicht, welches, und sie will es mir auch nicht sagen.«

»Uns hat sie auch nichts gesagt«, meinte Majas Vater. »Vor ein paar Monaten hat sie mal erwähnt, dass sie aktuell viele Dinge anzweifelt. Aber wir wussten ja noch nicht mal, dass sie ihre Arbeitsstelle verloren hat.«

»Ja«, sagte Ben, »seitdem ist es noch schlimmer geworden. Jetzt hat sie keinen Grund mehr, morgens aufzustehen, und kommt oft gar nicht auf die Füße.«

»Das klingt nicht nach meiner Tochter«, sagte Majas Mutter. »Ich kann mir das nicht vorstellen. Ich muss sofort mit ihr sprechen.« Sie wollte schon ins Haus gehen, aber ihr Mann hielt sie erneut zurück.

»Warte noch kurz. Ben, hast du zumindest eine Idee, woran es liegen könnte, dass sie sich so verändert hat? Ist irgendetwas vorgefallen, könnte es einen Auslöser für ihr Verhalten gegeben haben?«

»Nein, das ist es ja«, sagte Ben. »Ich habe mir darüber schon den Kopf zerbrochen. Ich kann es mir einfach nicht erklären. Deshalb bin ich ja hier. Bitte versucht ihr, mit Maja zu sprechen. Vielleicht vertraut sie sich euch an. Sie braucht meiner Meinung nach Hilfe, und wenn es sein muss, auch professionelle Hilfe.«

Jetzt schritt Majas Mutter wieder ein: »Was willst du damit sagen?«

»Na ja, ich habe ihr schon vorgeschlagen, mal zum Arzt zu gehen und ihm ihre Symptome zu schildern. Vielleicht hätte er eine Lösung. Aber das hat sie komplett abgeblockt.«

»Na, das will ich doch hoffen!«, sagte Majas Mutter entrüstet. »Meine Tochter ist keine Verrückte, wenn du das damit meinst!«

»Aber nein, das will ich auf keinen Fall damit sagen. Bitte macht euch selbst ein Bild von ihr. Vielleicht versteht ihr dann, was und wie ich es meine.«

Majas Mutter stand einfach nur mit verschränkten Armen vor Ben und sagte gar nichts mehr. Ihr Vater hingegen antwortete:

»Okay. Natürlich kümmern wir uns um Maja und sprechen mit ihr. Danke, dass du so ehrlich zu uns warst.«

»Das ist doch selbstverständlich«, flüsterte Ben. »Es tut mir so leid, dass ich nicht länger durchgehalten habe.« Mit diesen Worten stand er auf und ging zum Auto.

Kapitel 15 – Ein tiefes schwarzes Loch

Maja fiel. Sie fiel in ein tiefes schwarzes Loch, an dessen Ende sie kein Licht sehen konnte. Seit sich Ben von ihr getrennt hatte, sah jeder Tag gleich aus. Maja wechselte von der Couch ins Bett und zurück. In ganz schlimmen Momenten saß sie einfach nur auf dem Boden. Ihre Gedanken kreisten. Und je mehr sie kreisten, umso schlechter ging es ihr. Manchmal stand sie auf und ging kurz mit Buddy vor die Tür oder machte sich eine Kleinigkeit zu essen. Zu mehr fehlte ihr die Kraft. Sie hatte alles verloren. Ihre Freunde, ihren Job und Ben. Es gab nichts mehr, woran Maja sich festhalten konnte.

Mit ihren Eltern konnte und wollte sie nicht reden. Sie machten sich schon genug Sorgen um sie. Ben musste bei ihnen gewesen sein, denn am Tag der Trennung hatten sie bei Maja angerufen.

»Hi Maja, wir sind's.« Maja schöpfte Verdacht, da die beiden sonst nie zu zweit am Telefon waren.

»Oh hi«, antwortete sie.

Ihre Mutter fiel sofort mit der Tür ins Haus. »Maja, geht es dir gut? Wir machen uns Sorgen!«

»Ja, warum? Es ist alles in Ordnung«, log sie.

»Ben war da und hat uns erzählt, was passiert ist«, sagte ihr Vater mit ruhiger Stimme.

Damit hatte Maja nicht gerechnet.

»Maja, bist du noch dran?«, fragte ihre Mutter.

»Ähm, ja, ich bin noch da.«

»Du hast deinen Job und deinen Freund verloren. Du

musst doch sicher traurig sein?«, versuchte ihr Vater es erneut.

»Ich bin okay, und ich möchte jetzt nicht darüber sprechen. Bis dann.« Und mit diesen Worten legte sie einfach auf.

»Du musst doch sicher traurig sein.« Alleine dieser Satz sagte alles. Auch ihre Eltern konnten nicht verstehen, wie sie sich fühlte. Am liebsten hätte sie geschrien. Nein, verdammt! Ich bin nicht traurig! Ich bin hilflos! Ich bin hoffnungslos! Ich bin ausgelaugt! Es erdrückt mich! Ich weiß nicht mehr weiter! Aber diese Gedanken behielt sie für sich. Sie wollte nicht auch noch ihren Eltern zur Last fallen.

Alle anderen Nachrichten hatte Maja in diesen Tagen ignoriert. Sie wollte mit niemandem sprechen. Sie wollte einfach nur alleine sein. Buddy war der einzige Trost, den sie im Moment hatte. Jeden Abend weinte sie sich neben ihm in den Schlaf. Sie träumte schreckliche Dinge, wachte oft schweißgebadet auf und konnte dann stundenlang nicht mehr einschlafen.

Sie fühlte sich anders, sie fühlte sich falsch, sie fühlte sich, als gehörte sie einfach nicht dazu.

Über eine Woche war vergangen, seit Ben sich von ihr getrennt hatte. Maja saß gerade mit angezogenen Beinen auf der Couch, als es an der Tür klingelte. Sie wollte nicht öffnen und tat so, als hätte sie es nicht gehört.

»Maja, ich weiß, dass du zu Hause bist. Bitte mach die Tür auf.«

Es war Lu. Maja hatte keine Wahl. Sie raffte sich hoch und öffnete.

Lu erschrak, als sie Maja sah. So dünn und ausgemergelt hatte sie sie noch nie gesehen. Lu versuchte sich nichts anmerken zu lassen. »Kommst du mit? Wir haben Training!«

Training? Oh Mist, das hatte Maja erneut komplett vergessen. Die Welt da draußen war für sie ganz weit weg. Es war nicht mehr ihre Welt.

»Ehrlich gesagt, fühle ich mich heute nicht so gut. Ich bleibe lieber hier.«

»Das kommt überhaupt nicht infrage! Heute ist Generalprobe! Du musst mitkommen, ein Nein akzeptiere ich nicht!«

Maja war verwirrt. Heute war die Generalprobe? Das konnte doch nicht sein. Das würde bedeuten, dass die Show am Samstag in einer Woche stattfinden würde!

»Los, zieh dich an, wir sind spät dran!«

Sie konnte jetzt nicht kneifen. Sie hatte nur noch eine Sache in ihrem Leben, die sie noch nicht verloren hatte. Das Tanzen. Und mit dem bisschen Kraft, das sie noch in sich hatte, musste sie unbedingt versuchen, nicht auch das noch zu verlieren.

Also zog sich Maja etwas anderes an, schmiss sich ihre Trainingstasche um und nahm Buddy an die Leine.

Die Generalprobe fand bereits in der großen Halle statt, die sie gemietet hatten. Und sie war eine einzige Katastrophe. Jeder war nervös, nichts schien so zu klappen, wie sie es sich vorgestellt hatten. Irgendwann riss auch bei Mel der Geduldsfaden und sie schrie alle nur noch an.

»Leute, das kann doch nicht euer Ernst sein! Wie viele Wochen haben wir hierfür jetzt geprobt?« Maja wollte versuchen, heute alles perfekt zu machen. Die Schritte mussten sitzen. Aber sie vergeigte es. Wie fast alles in ihrem Leben.

Auch Lu war sichtlich frustriert.

»Wenn das übernächsten Samstag genauso schlecht läuft, dann werden wir das Publikum ganz schön enttäuschen.«

Maja wusste, dass sie im Moment sowieso viel zu sehr mit sich selbst beschäftigt war, und hatte ein schlechtes Gewissen, Lu nicht mehr bei den Vorbereitungen unterstützt zu haben.

»Kopf hoch, Lu. Es heißt doch immer, dass die Generalprobe schiefgehen muss, damit die eigentliche Show klappt.«

»Hoffen wir, dass du recht hast. Wann muss eigentlich der Caterer am Samstag in die Halle?«, fragte Lu Maja.

Mist. Maja fühlte sich, als hätte sie soeben einen Stromschlag verpasst bekommen. Sie hatte das Catering komplett vergessen. Und Lu musste es ihr angesehen haben.

»Maja, willst du mir etwa sagen, dass du vergessen hast, das Catering zu bestellen?«

»Ich ... ja ... weißt du ...«

Lu ließ Maja den Satz gar nicht zu Ende sprechen.

»Maja, du hattest eine einzige Aufgabe! Und nicht mal die kriegst du gebacken?«

Maja wurde immer kleiner. Am liebsten hätte sie sich in Luft aufgelöst.

»Es tut mir leid, Lu.«

»Ich kann es nicht mehr hören, Maja! Auf dich ist kein Verlass! Ich hatte jetzt wirklich viel Geduld und hab versucht, dich zu verstehen, auch wenn du mir nicht sagen willst, was los ist. Aber es reicht jetzt. Wo soll ich denn so kurzfristig noch ein Catering für so eine große Veranstaltung herbeizaubern?«

Maja war kurz davor, in Tränen auszubrechen. Es tat ihr so leid, Lu schon wieder enttäuscht zu haben.

»Ich, ich kümmere mich darum«, sagte Maja, auch wenn sie keine Ahnung hatte, wie sie das anstellen sollte.

»Lass es bleiben! Du hast mir in den letzten Monaten sowieso kaum geholfen. Ich musste fast alles alleine vorbereiten. Dann kann ich das mit dem Catering jetzt auch noch machen.«

Mit diesen Worten drehte Lu sich um. Maja blieb zurück. Erneut.

Sie stand einfach so da wie angewurzelt, bis Mel sie ansprach. »Maja? Alles okay mit dir?«

Maja nickte nur.

»Mach dir keine Gedanken wegen der Probe heute. Das wird nächste Woche schon alles klappen.«

»Ja, bestimmt.«

Maja machte sich mit Buddy auf den Weg nach Hause. Im Bus setzte sie sich in die hinterste Ecke. Sie wollte nicht, dass jemand sie sah oder dass sie jemandem über den Weg lief. Sie wollte allein sein. Allein sein mit ihrem Kummer. Sie hatte schon wieder jemanden enttäuscht. Diesmal Lu, ihre beste Freundin. Maja fühlte sich wertlos. Sie brachte gar nichts mehr zustande. Nicht mal diese eine blöde Aufgabe, die Lu ihr gegeben hatte. Majas schlechtes Gewissen trieb sie in den Wahnsinn. Sie wollte schreien, sie wollte irgendetwas kaputt machen. Sie hasste sich. Sie hatte das Gefühl, dass es ihr die Kehle zuschnürte. Der

Druck auf ihrer Brust war größer als je zuvor. Sie hatte fast alles verloren, was ihr wichtig war. Sie wusste nicht mehr, wie es weitergehen sollte.

Daheim angekommen, tat Maja, was sie so oft tat in letzter Zeit. Sie setzte sich auf die Couch und starrte vor sich hin. Buddy legte sich neben sie. Der Hund schien zu spüren, dass sie ihn jetzt brauchte. Und so vergingen auch die nächsten Tage. Maja hörte und sah von niemandem etwas und sie ging umgekehrt auch nicht aus dem Haus. Sie wollte allein sein. Allein mit ihrem Schmerz. Manchmal ging es ihr so schlecht, dass sie glaubte, sich übergeben zu müssen. Es würgte sie, aber da sie kaum etwas gegessen hatte, konnte sie nichts ausspucken. Sie wusste nicht, wie sie sich helfen konnte. Sie fühlte sich gefangen in ihrer Welt. Einer Welt voller Schmerz, Trauer, dem Gefühl, anders zu sein. Die Welt da draußen schien nicht mehr zu existieren. Einerseits hatte sie ständig das Bedürfnis, jemanden anzurufen, mit jemandem zu reden, jemanden zu fragen, ob er ihr helfen konnte. Andererseits schämte sie sich so sehr. Sie wollte nicht, dass andere mitbekamen, wie es ihr in Wirklichkeit ging. Sie würden es nicht verstehen.

Am nächsten Donnerstagabend läutete es erneut an der Haustür. Komisch, dachte Maja. Heute war sicher keine Tanzprobe. Mel wollte allen vor dem Auftritt am Samstag eine Pause gönnen.

Maja beschloss, das Läuten einfach zu ignorieren. Sie hatte keine Lust auf Besuch. Aber wer auch immer da draußen vor der Tür stand, gab nicht auf. Irgendwann fing Buddy an zu bellen.

»Pst, bist du still, jetzt weiß jeder, dass wir da sind«, rügte Maja ihn.

Maja erschrak, als sie die Stimme ihres Vaters hörte: »Maja, bitte mach auf. Wir wissen, dass du zu Hause bist.«

Schnell suchte sie sich ein paar Jeans und zog sich einen frischen Pullover über. Denn sie konnte gar nicht mehr genau sagen, wie viele Tage sie schon ein und denselben Jogginganzug anhatte.

»Maja, jetzt mach schon auf, wir machen uns Sorgen.« Das war die Stimme ihrer Mutter.

Maja stand vor der Tür, holte einmal tief Luft und öffnete.

Sie konnte nicht sagen, warum, aber ihre Mutter, ihr Vater und ihr Bruder sahen sie an, als hätten sie sich gerade zutiefst erschrocken.

Ihr Bruder war es, der zuerst das Wort ergriff. »Mann, siehst du scheiße aus!«

»Vielen Dank für die nette Begrüßung«, erwiderte Maja ganz cool.

Buddy freute sich riesig, Majas Familie zu sehen. Er wedelte mit dem Schwanz und begrüßte jeden von ihnen einzeln. Und er schien die extra Streicheleinheiten richtig zu genießen.

»Was macht ihr alle hier?«, fragte Maja, als würde sie es nicht ahnen.

»Wir machen uns Sorgen, Maja«, antwortete ihr Vater.

»Um dich machen wir uns Sorgen«, fiel ihm seine Frau ins Wort. »Maja, sieh dich doch mal an! Ich erkenne meine Tochter kaum wieder. Du siehst wirklich nicht gut aus! So dünn habe ich dich noch nie gesehen! Was ist denn nur los?«

»Vielleicht sollten wir uns alle erst mal setzen?«, schlug ihr Vater vor und ging voraus in die Küche. Maja wusste, dass es ihrer Mutter gar nicht gefallen würde, wie es dort aussah.

»Maja, sag mal, wie lange wurde hier nicht mehr aufgeräumt?«

»Mum, das ist doch egal. Das ist meine Wohnung. Ich räume dann auf, wenn ich es für richtig halte.«

»Das habe ich dir aber anders beigebracht.« Sofort wollte ihre Mutter Wasser in die Spüle einlassen und das dreckige Geschirr abspülen.

»Mum, bitte lass das.«

»Aber das kann ich doch hier nicht so stehen lassen.« Majas Mutter war in der Hinsicht perfektionistisch. Und das erwartete sie auch von anderen. Okay, es sah nicht gerade aufgeräumt aus, aber es waren nur ein paar Teller und Gläser, die Maja in den letzten Tagen nicht sofort gespült hatte.

»Lass gut sein, bitte setz dich auch zu uns«, ergriff Majas Vater wieder das Wort. »Maja, wie geht es dir?«

Maja wollte ihren Eltern nicht ins Gesicht lügen. Also sagte sie: »Es ging mir schon mal besser, aber ich komme zurecht.«

»Ja, das sieht man«, warf ihr Bruder ein. Er war immer direkt. Das mochte Maja an ihm so sehr. Aber gerade kam ihr das nicht gerade gelegen.

»Dein Bruder hat recht, Maja. Für uns sieht es nicht danach aus, als hättest du alles im Griff. Du siehst ausgemergelt aus, du lässt dich nirgends mehr blicken. Du hast keinen Job mehr. Ben macht sich Sorgen. Lu macht sich Sorgen«, sagte ihr Vater.

»Lu?«

»Ja, Lu«, antwortete ihre Mutter. »Sie war gestern bei uns und erzählte uns ungefähr das Gleiche wie Ben. Dass sie sich Sorgen mache, aber nicht wisse, wie sie an dich herankommen soll. Dass sie es versucht habe, indem sie so normal zu dir war wie immer. Aber ohne Erfolg.«

Oh Mist, dachte Maja. Jetzt auch noch Lu. Andererseits hatte sie das nach ihrem Streit nicht von ihr erwartet. Irgendetwas musste Maja ihren Eltern zur Antwort geben.

»Hört zu, ich mache gerade eine echt schwierige Phase durch. Ben hat mich verlassen, ich habe meinen Job verloren. Aber ich kriege das schon hin, okay?«

Ihre Familie sah sich an. Maja konnte ihren Blicken ganz genau entnehmen, dass sie Zweifel daran hatten, dass Maja das hinbekommen würde. Vorsichtig versuchte ihre Mutter nochmals auf sie einzuwirken. »Wir glauben an dich, Maja, und dass du das hinbekommst. Aber es gab ja einen Grund, warum du deinen Job verloren hast und warum Ben dich verlassen hat. Du hast dich verändert. Es ist schwer für uns zu verstehen, was in dir vorgeht, wenn du es uns nicht sagen willst.«

Maja wurde ungeduldiger. Sie wollte nicht darüber sprechen. Wann würden sie das denn endlich alle kapieren?

»Ich habe es doch gerade schon gesagt. Ich mache eine schwierige Phase durch. Aber ich komm zurecht.«

Ihr Vater versuchte es mit der Wahrheit: »Maja, wir lieben dich und deshalb möchte ich ehrlich zu dir sein. Wir haben uns das jetzt eine Zeit lang angesehen, beziehungsweise haben wir anfangs gar nicht gewusst, dass du deinen Job verloren hast. Aber spätestens als Ben und Lu bei uns waren und sagten, dass sie sich Sorgen machen, da wussten wir, dass etwas nicht stimmt. Und wir glauben ehrlich gesagt nicht, dass du allein aus dieser Phase, wie du es nennst, wieder herausfindest.«

»Was soll das jetzt heißen?« Maja war kurz davor, ihre Familie anzuschreien. Sie wusste, dass sie nur helfen wollten, aber sie wusste nicht, was sie ihnen sagen sollte. Sie konnte das, was sie fühlte, nicht in Worte fassen. Wie sollte es also irgendein anderer Mensch nachvollziehen können?

»Wir glauben, dass du Hilfe brauchst, Maja.« Ihre Mutter hatte es ausgesprochen. »Und das Erste, wobei ich dir helfen werde, ist dieser Abwasch«, fügte sie hinzu, um die Situation etwas zu lockern.

»Hör auf damit, Mum. Ich mach das selber. Ich brauche eure Hilfe nicht.«

»Maja«, versuchte es ihr Vater noch mal mit sanfter Stimme, »wenn du unsere Hilfe schon nicht annehmen willst, hast du schon einmal darüber nachgedacht, andere Hilfe in Anspruch zu nehmen?«

»Willst du mir jetzt auch sagen, dass ich zu einem Arzt gehen soll, der mich dann für verrückt erklärt?« Maja sprang von ihrem Stuhl hoch. »Ich bin nicht verrückt, okay?«

»Das wollten wir auch nicht damit sagen. Wir wollen dir nur erklären, dass es keine Schande ist, sich professionelle Hilfe zu suchen. Wenn du dir den Fuß brichst, gehst du doch auch zum Arzt. Und wir haben das Gefühl, dass dein Schmerz oder womit du auch immer gerade zu kämpfen hast, tief in deiner Seele steckt. Und auch dafür gibt es Ärzte, die dir helfen können.«

»Ja genau«, schrie Maja schon fast. »Und dann bekomme ich überhaupt keinen Job mehr, weil kein Arbeitgeber jemanden haben möchte, der ein solches Problem hat.«

»Das ist doch Quatsch, Maja«, sagte ihr Vater.

»Das ist kein Quatsch!« Maja war erschöpft. Sie ließ sich auf ihren Stuhl zurückfallen. »Bitte lasst mich jetzt in Ruhe!«

»Aber, Maja. Wir wollen dich nicht in Ruhe lassen, bevor du uns nicht gesagt hast, was mit dir los ist!«

»Mum, ihr könnt mir nicht helfen! Versteh das doch endlich!«, schrie Maja sie an.

Majas Mutter blickte ihre Tochter an, als erkenne sie sie nicht wieder. Ihre Augen waren feucht.

Ihr Mann erkannte, dass es keinen Zweck hatte, an dieser Stelle weiter auf Maja einzureden.

»Kommt, wir gehen«, sagte er nur. »Maja, wenn du uns brauchst, wir sind immer für dich da.«

Innerlich wollte Maja nicht, dass sie gehen. Sie wollte, dass sie ihr halfen. Aber sie wusste nicht, wie sie ihnen sagen konnte, was mit ihr los ist. Sie hatte solche Angst, dass sie es nicht verstehen würden.

Nein, sie wusste, dass sie es nicht nachvollziehen könnten.

Also ließ sie sie ziehen. Als sie aus der Haustür gingen, sah Maja, dass ihrer Mutter die Tränen über die Wangen liefen, und es brach ihr das Herz.

Konnte sie denn gar nichts richtig machen? Jetzt verzweifelte auch schon ihre Familie wegen ihr. Und eigentlich hatte sie doch nur gewollt, dass sie sich nicht noch mehr Sorgen machten. Maja war ratlos. Sie wusste nicht, wohin mit ihren Gedanken und Gefühlen. Sie wollte, dass ihr jemand half, und doch wollte sie mit niemandem darüber sprechen. Und aus irgendeinem Grund setzte sie sich an den Küchentisch und begann zu schreiben.

Kapitel 16 – Ein Versuch

Dies ist ein Versuch, euch zu erklären, wie ich mich fühle. Ich weiß nicht, ob man es verstehen kann, aber vielleicht versteht ihr mich dadurch besser.

Niemand kann verstehen, dass man sich anders fühlt, dass man sich fühlt, als gehörte man nicht dazu. Als sei man anders als alle anderen. Du denkst kurz, du hast es im Griff, nur mal für ein paar Stunden. Aber das hast du nicht. Es überkommt dich wieder wie eine eiskalte Welle, die jede Vernunft und jeden klaren Gedanken einfach wegspült. Es tut weh. Du fühlst das auch körperlich. Der Druck auf der Brust ist unerträglich. Es zerreißt dich. Du würdest dem Ganzen am liebsten sofort ein Ende bereiten. Du bist es nicht wert. Du ziehst da alle anderen mit rein. Sie sind durch dich unglücklich und fragen sich, was sie falsch gemacht haben. Aber das einzig Falsche bist du. Du bist so falsch, dass du am liebsten ein Messer nehmen würdest und dich endlich mal spüren lassen würdest, wie falsch du bist. Du hast ihnen wehgetan. Du hast gesagt, es ist okay, aber nichts ist okay. Für dich ist nichts okay. Es gibt keine Worte für dieses erdrückende Gefühl. Es kann niemand verstehen, der es noch nicht selber erlebt hat, und es wird auch niemand verstehen. Hast du denn nicht noch ein bisschen Selbstbewusstsein? Nein, habe ich nicht. Hör auf, dich so hineinzusteigern! Für diese Worte würdest du ihnen am liebsten ins Gesicht schlagen. Ich will auch, dass es aufhört. Nichts weiter. Ich will einfach nur, dass es aufhört …

Dass die Menschen in deinem Umfeld, die du liebst, dass sie aufhören sich Sorgen zu machen. Du willst einfach nur normal sein. Das ist alles, was du dir wünschst. Freude zu spüren und Glück. Aber du spürst nur Verzweiflung. Es erdrückt dich. Du merkst, wie dieses Gefühl der Verzweiflung deinen Körper einnimmt. Du kannst nicht schlafen. Du willst nicht essen. Es würgt dich, wenn du daran denkst, was du deinen Mitmenschen antust. Du kannst es nicht mehr rückgängig machen. Du kannst deine Vergangenheit nicht ändern. Du musst dafür positiv in die Zukunft schauen. Auch für diesen Satz würdest du ihnen am liebsten eine reinhauen. Du kannst nichts Positives in der Zukunft sehen. Nur Zweifel, Kälte und Leere. Und wenn dann doch mal ein Lichtblick da ist, wird er sofort wieder zerstört. Du hast keine Ahnung, woran du dich festhalten sollst. Nichts scheint es wert zu sein. Obwohl du ganz genau weißt, dass du alles hast, was du zum Leben brauchst, sogar mehr als das. Eine tolle Familie, eigentlich auch Freunde und einen guten Job, wenn du es dir nicht selbst kaputt gemacht hättest. Du hast etwas zu essen, ein Dach über dem Kopf. Du bist undankbar, wofür du dich noch mehr hasst. Dir wurden alle Voraussetzungen gegeben, um etwas aus deinem Leben zu machen. Und du trittst es mit Füßen. Du führst dich auf wie ein kleines Kind. Schlimmer sogar. Du steigerst dich in Dinge rein, die das Normalste von der Welt sind. Und du hasst dich dafür. Du hasst dich so sehr und du hast das Gefühl, dass du jedes Unheil dieser Welt verdient hast. Du sehnst dich nach Liebe und Geborgenheit, aber du kannst sie nicht annehmen, weil du sie nicht verdient hast. Du ziehst sie da alle mit rein. Du bringst sie an den Rand der Verzweiflung, weil sie es nicht verstehen können. Du würdest dir wünschen, dass es irgendjemand nachempfinden könnte. Und doch wünschst du es niemandem. Du wünschst deinem schlimmsten Feind nicht, dass er sich so quälen muss. Quälen, obwohl es keinen Grund gibt. Sie versuchen dich aufzubauen. Aber jedes Wort macht es schlimmer, weil du merkst, dass sie es nicht nachvollziehen können. Weil du sein willst wie sie. Weil du dazugehören willst, und doch bist du anders. Du bist falsch und du bist es nicht wert. Du bist nicht krank und doch geht es dir schlecht. Du siehst Menschen, die gegen ihren Krebs, gegen den Krieg oder irgendetwas wirklich Schlimmes kämpfen. Aber du schaffst es nicht mal, normal zu sein. Normal zu leben, ohne dabei die anderen zu verletzen. Du bist neidisch auf deine Freunde, weil sie mit jeder Situation umgehen können, wie es ein normaler Mensch tut. Nur du schaffst es nicht, weil du anders bist. Weil du falsch bist, weil du einfach nur noch willst, dass es aufhört …

Kapitel 17 – Vom Tanzen im Regen

Am Samstag, am Tag der Tanzshow, ging es Maja schlechter als je zuvor. Sie quälte sich innerlich. Schon beim Aufwachen wollte sie am liebsten sofort wieder einschlafen. Sie wünschte sich, dass ihr Leben, wie es im Moment war, einfach nur ein schlechter Traum wäre. Aber es war die Realität. Einschlafen konnte sie auch nicht mehr. Der Druck auf ihrer Brust war größer als je zuvor. Lu hatte ihr eine SMS geschrieben, dass wieder alles in Ordnung sei und dass sie sich auf die gemeinsame Show mit Maja freue. Allerdings hatten sie jede Rolle mit einem Ersatztänzer besetzt. Es würde also nichts ausmachen, wenn sie nicht käme. Sie würde einfach ersetzt werden.

Majas Eltern hatten seit ihrem Besuch jeden Tag angerufen und Maja hatte versucht, am Telefon jedes Mal so fröhlich wie möglich zu klingen, damit sie sich nicht noch mehr Sorgen machen würden. In Wirklichkeit ging es Maja aber jeden Tag schlechter. Und heute ging es ihr besonders miserabel. Sie weinte, sie saß einfach nur da, sie zitterte, sie ging nervös die Wohnung auf und ab. Sie wollte, dass ihr jemand die Entscheidung abnahm, ob sie zur Tanzshow gehen sollte oder nicht. Sie war hin- und hergerissen. Eigentlich wollte sie Lu auf keinen Fall im Stich lassen. Andererseits wusste sie nicht, wie sie in ihrem Zustand auch nur einen Tanzschritt auf die Reihe bekommen sollte. So verging der Tag. Spätestens um achtzehn Uhr musste Maja los, wenn sie es pünktlich schaffen wollte. Jetzt war es fünf.

»Buddy, ich schaff das nicht«, sagte sie zu ihm und kniete sich neben ihn. »Ich kann das einfach nicht.« Sie zitterte am ganzen Körper. Wenn ihr doch nur irgendjemand helfen könnte.

Buddy hingegen stupste sie mit seiner feuchten Nase an, als wollte er sie dazu bewegen, aufzustehen.

»Buddy, ich kann nicht. Sieh mich doch an. Ich werde mich bis auf die Knochen blamieren.«

Maja wusste nicht, wie, aber sie hatte es bis zu der alten Halle geschafft, in der die Show stattfinden sollte. Mit Buddy an ihrer Seite. Der Parkplatz vor dem Gebäude war schon recht voll. Maja blieb hinter einem Auto stehen. Sie wollte nicht, dass sie jemand sieht. Ihr Herz schlug wie wild. Sie hatte keine Ahnung, wie sie da reingehen sollte. Sie wollte nicht da rein. Aber sie wollte Lu auch nicht im Stich lassen. Von weitem sah sie zu, wie immer mehr Besucher in die Halle strömten. Sie konnte ihre Freunde oder ehemaligen Freunde erkennen. Da waren Clarissa, Ben und – Maja konnte es gar nicht glauben – auch Finn war dabei. Bei Finns Anblick war für kurze Zeit ihr Schmerz vergessen. Sie freute sich so sehr. Er war wieder raus aus dem Krankenhaus. Und er sah richtig gut aus. Wieder kräftiger und nicht mehr so blass.

Weitere Minuten vergingen und Maja sah den Besuchern zu. Auch ihre Eltern konnte sie sehen. Sogar Paul war mitgekommen. Sie hofften wohl, dass Maja auch da war. Sie hatten am Telefon immer wieder auf sie eingewirkt, wie sie sich doch schon auf die Show freuten. Das machte es für Maja nicht einfacher. Sie wollte ihre Eltern nicht auch noch enttäuschen. Sie hatte schon genügend

Menschen enttäuscht. Maja musste jetzt langsam da rein. Für die Tänzer und Darsteller gab es extra einen Hintereingang, den sie benutzen konnten. Maja versuchte einen Fuß vor den anderen zu setzen. Da sah sie plötzlich Tim. Schnell versteckte sie sich wieder hinter einem Auto.

Was macht der denn hier, dachte Maja. Aber je länger sie darüber nachdachte, desto weniger ungewöhnlich kam es ihr vor. Es waren so viele Menschen gekommen, um sich die Show für einen guten Zweck anzusehen. Warum also nicht auch Tim? Maja wollte auf keinen Fall, dass er sie sah. Also wartete sie noch eine Weile, bis sie sicher war, dass er in der Halle verschwunden war. Dann ging sie langsam mit Buddy weiter Richtung Hintereingang. Sie schaffte es allerdings nicht, hineinzugehen. Wieder versteckte sie sich. Diesmal hinter dem Vorsprung einer kleinen Mauer. Von dort aus konnte sie immer wieder ein paar Blicke auf die Tänzer erhaschen. Es herrschte ein ziemliches Durcheinander hinter der Bühne und alle schienen sichtlich nervös. Auch Lu konnte sie kurz sehen. Sie ging auf und ab mit den Händen am Kopf, als ginge sie gedanklich noch mal ihre Schritte durch. Maja hatte nicht einen einzigen Zweifel daran, dass Lu heute wundervoll tanzen würde. Und da stieg wieder ein Gefühl in ihr auf, das sie nicht beschreiben konnte. Sie dachte daran, wie auch sie selbst immer glücklich gewesen war, als sie getanzt hatte. Wie frei sie sich gefühlt hatte. Aber davon war sie jetzt meilenweit entfernt. Maja sah keinen Sinn mehr. Kurz dachte sie, sie hätte Lu beobachtet, wie sie innehielt und nach draußen sah, als wartete sie auf etwas. Oder auf jemanden? Würde Lu sich wirklich freuen, wenn Maja jetzt auftauchte? Maja wurde immer schwerer zumute. Sie sah die ganzen Leute da drinnen, von denen sie die meisten kannte. Sie sah ihre Vorfreude und ihre Nervosität. Maja wünschte sich, dass auch sie das wieder spüren könnte. Aber sie spürte nichts. Nur einen riesigen Druck auf ihrer Brust. Und dann sagte Maja zu Buddy:

»Ich hab dich so lieb, Buddy. Lu wird dich nach der Show hier abholen. Sie wird dich finden und es wird dir gut gehen bei ihr.«

Dann band sie Buddys Leine um eine Straßenlaterne.

Und Maja begann zu laufen. Im Augenwinkel konnte sie sehen, wie Buddy mitwollte, er bellte und zerrte an seiner Leine. Aber Maja lief weiter. Sie lief so lange, bis sie im Universitätspark angekommen war. Völlig außer Atem setzte sie sich auf die kleine Bank am Fluss. Hier war sie so gerne. Sie lauschte dem Wasser. Sie dachte an Buddy, den Ben hier gefunden hatte. Sie dachte an Ben. Sie dachte an ihre Studienabschlussfeier, die hier ganz in der Nähe stattgefunden hatte. Sie dachte an ihre Freunde. Sie dachte an Finn, dem es endlich besser ging. Sie dachte an Lu und wünschte ihr von ganzem Herzen viel Glück heute für die Show. Sie dachte an ihre Eltern und ihren Bruder. Sie dachte daran, wie glücklich sie einst gewesen war. Dann stand sie auf und ging hinauf auf die Brücke. Es war noch hell. Aber nicht mehr lange, dann würde die Sonne untergehen.

Wie oft sie hier schon gestanden hatte. Sie liebte diesen Ort. Das Wasser war so klar. So klar wie ihre Gedanken einst gewesen waren. Doch jetzt kam selbst das Wasser ihr grau vor. Grau wie ihre Gedanken.

Auch das satte Grün der Bäume rundherum leuchtete nicht mehr. Zumindest für Maja nicht. Für sie sah alles aus wie in einem Schwarz-Weiß-Film.

Da war sie wieder – diese unfassbare Traurigkeit, von der sie nicht wusste, woher sie plötzlich kam. Sie hüllte Maja in eine dicke Nebelwolke.

Würde es wehtun? Würde sie endlich wieder etwas spüren? Was würde sie fühlen?

Schlimmer kann es nicht mehr werden, dachte Maja. Es schien ihr, als hätte sie alles verloren. Ihr Leben lag in Scherben. Niemand konnte ihr helfen. Sie sah keinen anderen Ausweg.

Maja blickte in das Wasser unter ihr. Sie war sich sicher. Sie wollte springen. Sie wollte, dass es endlich aufhört.

Das Wasser glitt ruhig und in sanften Bahnen, nur ein leises Rauschen war zu hören und kaum Wellen waren zu sehen.

Maja war erstaunt. Auch sie selbst war ruhiger geworden, als hätte sich die Ruhe des Wassers auf sie übertragen. Sie hatte keine Angst mehr, sie war entschlossen. Erleichterung stieg in ihr auf, wie sie sie seit langer Zeit nicht mehr gespürt hatte.

Sie schaute sich noch einmal um. Niemand war zu sehen. Sie kletterte über das Geländer der Brücke. Es war nicht sehr hoch. Mittlerweile hatte es leicht zu regnen begonnen. Beinahe wäre sie weggerutscht. Aber sie wollte selbst entscheiden, wann sie losließ. Wenigstens diese eine Entscheidung wollte sie noch treffen. Jetzt stand sie mit dem

Rücken zum Wasser. Aber sie wollte sich umdrehen, bevor sie sprang. Sie wollte sehen, wohin sie fiel.

»Maja, nicht!«

Von weitem sah Maja jemanden auf sich zu rennen. Eine große und eine kleine Gestalt. Jetzt musste sie schnell sein. Aber dass jemand ihren Namen gerufen hatte, hatte sie aus dem Konzept gebracht. Wie angewurzelt stand sie da. Und dann erkannte sie die beiden Gestalten. Es war Buddy. Und Tim lief neben ihm her.

Wie? Das kann nicht sein, ging es Maja durch den Kopf. Ich hatte Buddy doch vor dem Gebäude angebunden. Wie kann er jetzt hier sein?

Was Maja nicht wusste: Da Maja vergessen hatte, das Catering zu bestellen, hatte Lu sich in ihrer Verzweiflung an Tim gewandt. Sie hoffte, dass er durch seine Arbeit im Café Oldtown eventuell helfen könnte. Tim konnte es nicht versprechen, so kurzfristig noch etwas auf die Beine zu stellen, aber er konnte das ganze Team mobilisieren und es hatte geklappt. Getränke und kleine Häppchen standen bereit. Tim war auf dem Weg zum Hintereingang der Halle gewesen, um Lu diese gute Nachricht zu überbringen. Da wurde er auf Buddy aufmerksam, wie er dort an einer Laterne angebunden an seiner Leine zerrte und bellte.

»Hey, was machst du denn hier und wo hast du Maja gelassen?« Tim schaute sich um. Von Maja keine Spur. Also band er Buddy los. Und Buddy rannte sofort los.

»Halt, bleib hier. Wo willst du hin?«

Tim lief hinterher. Die beiden hatten jetzt die Brücke erreicht.

»Kommt nicht näher!«, schrie Maja ihnen entgegen. Sie war entschlossen und sie wollte das jetzt zu Ende bringen.

Tim blieb ein paar Meter vor Maja stehen. Aber Buddy ließ sich nicht davon abhalten, zu Maja zu laufen. Er bellte sie an, als wollte er sagen: »Komm sofort da runter!« Er lief ganz nervös vor ihr auf und ab.

Maja begann zu zögern.

Dann ergriff Tim das Wort: »Maja, ich weiß nicht, was in dir vorgeht, und es spielt auch keine Rolle.« Er traute sich wieder ein paar Schritte näher zu kommen. Er merkte, dass Maja innehielt. Sie hörte ihm zu.

»Ich kann dich nicht verstehen, aber ich helfe dir!«

Diese Worte lösten etwas in Maja. Tim ging noch weiter auf sie zu. Er streckte ihr die Hand hin, ohne noch mehr zu sagen. Nach gefühlten Minuten ergriff Maja seine Hand. Er hielt sie so fest, als hätte er Angst, dass sie gleich abrutschen könnte. Dann stieg sie langsam zurück über das Geländer. Tim fing sie auf und sie ließ sich einfach in seine Arme fallen. Er hielt sie fest. Er hielt sie einfach nur fest. Es waren keine Worte nötig. Draußen war es fast dunkel. Nur die Laternen im Park ließen vereinzelt Licht auf die Wege fallen. Dann begann Tim sich ganz leicht zu bewegen. Er machte ganz kleine Schritte und Maja folgte ihnen.

Sie tanzte wieder – wenn auch nur langsam und im Regen – aber sie tanzte ...